一天读完外国文学

郭轶刚　詹滨遥　编

吉林人民出版社

图书在版编目（ＣＩＰ）数据

一天读完外国文学 / 郭轶刚, 詹滨遥编. — 长春：
吉林人民出版社, 2010.10（2021.3重印）
（青少年探索文库）
ISBN 978-7-206-07083-9

Ⅰ.①一… Ⅱ.①郭… ②詹… Ⅲ.①文学欣赏—外
国—青少年读物 Ⅳ.①I106-49

中国版本图书馆CIP数据核字(2010)第192123号

一天读完外国文学

编　　者：郭轶刚　詹滨遥
责任编辑：郭雪飞
吉林人民出版社出版（长春市人民大街 7548 号　邮政编码：130022）
印　　刷：三河市燕春印务有限公司
开　　本：700mm×970mm　　1/16
印　　张：13　　　　字数：110 千字
标准书号：ISBN 978-7-206-07083-9
版　　次：2010 年 10 月第 1 版　　印　　次：2021 年 3 月第 2 次印刷
定　　价：39.00 元

如发现印装质量问题，影响阅读，请与印刷厂联系调换。

目 录

荷马的《伊利亚特》

　　古代希腊人曾经创造了许多令后人惊叹的文化奇迹，长篇史诗《伊利亚特》就是其中之一。

　　《伊利亚特》叙述的是特洛伊战争的一段故事。相传特洛伊位于小亚细亚西北隅。特洛伊战争大概发生在公元前 1184 年，这一说法为一些历史学家所认同，并且影响到后代学者。希腊人取得了特洛伊战争的胜利，成为自己民族史上可歌可泣的一页，在文字尚未流行的时代，一代代口碑相传，成为游吟歌人喜爱的素材。荷马显然就是这些游吟歌人中最为杰出的一位，从而使他的诗歌得以流传后世，并且其他古代诗歌也被记到他的名下。有关荷马生平的史料传下甚少。关于荷马的生平至今仍存在不少分歧，有许多看法只能算是一种推论。

　　根据古希腊神话传说，特洛伊战争是这样引起的，佩琉斯和女神忒提斯举行婚礼，没有邀请纷争女神埃里斯参加，引起女神不满。女神向婚礼扔下一个金苹果，上书"给最美的女神"，引起神后赫拉、智慧女神雅典娜和爱与美之神阿佛罗狄忒的争执。主神宙斯让她们去找特洛伊王子帕里斯裁判。三位女神分别许以权力、武功和美女，帕里斯把金苹果判给了阿佛罗狄忒。阿佛罗狄忒没有食言，帮助帕里斯拐走了斯巴达王的妻子、世间最美的女子海伦。帕里斯的所作所为引起了希腊人的愤怒，希腊人和平交涉不成，便组成大军，由墨涅拉奥斯的兄长、迈锡尼王阿伽门农为统帅，进攻特洛伊，从而开始了特洛伊战争。战争进行了 10 年，众神各助一方。最后希腊联军以木马计攻城成功，取得胜利。《伊利亚特》就是叙述战争进行到第十年的阿伽门农和阿基琉斯之间发生的一场争吵和此后 50 来天里的战事。

荷马史诗经过长时期传诵后，公元前 6 世纪中叶的雅典执政者皮西斯特拉托斯组织学者编订荷马史诗（一说此事发生在他的儿子当政期间），从此荷马史诗大概就有了较为固定的稿本。现今流行的史诗版本是由公元前 3 世纪至公元前 2 世纪亚历山大里亚时期的学者们根据古代抄本编订的。《伊利亚特》结构紧凑，整部史诗只叙述了阿基琉斯的愤怒之后 50 来天的事情，而且这期间的事情的叙述又有详有略，实际上只集中叙述了几天之中最激动人心的事情，此前此后的事情只略加介绍或提及。《伊利亚特》作为一部战争史诗，着力于描写战争的进行和大大小小各种不同的战斗场面，但作为穿插和陪衬，史诗中也描写了一些和平生活场面或景象，对人物的心理也有深入的刻画。正是通过这些描写和刻画，史诗塑造了一系列生动、鲜明的人物形象。这些人物往往是国王或英雄，但他们都不是完人，身上带有在当时的人们看来这样或那样的弱点，在和命运抗争中，使人物命运和整部史诗蒙上了悲剧色彩。荷马史诗的叙述手法具有民间口传史诗的许多特点，如套语的使用，诗行或词语的重复，以独白和对话代替叙述等。其中有些手法在今天看来颇为幼稚，但是作为民间口传史诗，这种手法的运用是必要的、成功的。荷马在叙述过程中好用比喻，有的较长，构成一幅幅完整的画面；有的较短，作为类比，甚至只有一个比喻词语，但都很鲜明、形象，例如黎明女神的光芒万丈、辐射长空的朝霞被喻为女神的玫瑰色手指。《伊利亚特》用六音步史诗格写成，不带尾韵，语言流畅、明快、简朴。

埃斯库罗斯的《普罗米修斯》

埃斯库罗斯是古希腊三大悲剧家之一，约于公元前 525 年出生于阿提卡西部埃琉西斯的一个贵族家庭。他少年时期正是雅典贵族和平民激烈斗争的时期，是雅典由贵族统治向民主制过渡的时期，这对他的世界观的形成不无影响。公元前 492 年爆发了希波战争，埃斯库罗斯积极参加了抗击波斯的战争，参加过马拉松战役和萨拉弥斯战役。公元前 456 年，埃斯库罗斯在西西里岛南部的杰拉城去世。埃斯库罗斯于公元前 499 年首次参加戏剧比赛，一生写过约 70 部剧本（一说约 90 部），生前得过 13 次奖，传世剧本 7 部，它们是：《乞援人》、《波斯人》、《七将攻特拜》、《普罗米修斯》、《奥瑞斯特斯》三部曲等。

本剧开场时，威力神和暴力神带着普罗米修斯来到遥远、荒凉的高加索，匠神手持铁锤、铁链等跟随他们一起前来，要把普罗米修斯钉在那里的一处峭壁上受罚。匠神不忍心这样做，但又不敢违抗宙斯的命令，同时迫于威力神和暴力神的催逼，勉强地完成了使命。在他们离去后，普罗米修斯不禁长叹，只因他爱护人类，从而招来宙斯这样残酷的惩罚。长河神的女儿们（由她们组成剧中歌队）闻声前来，望见这惨不忍睹的景象，责怪宙斯横暴，询问宙斯惩罚普罗米修斯的原因。普罗米修斯向她们说明缘由。原来，在宙斯夺取他父亲克罗诺斯统治世界的权力时，普罗米修斯曾帮助宙斯获胜，但宙斯获得权力后，犯了残暴专制为王者的通病，不相信自己的朋友。宙斯想消灭人类，唯有普罗米修斯敢于违背宙斯的意愿，救人类免于灭亡。他给人类希望，使人类不再担忧死亡；他把火送给人类，使人类学会各种技艺，故而遭到宙斯的惩罚。

这时长河神前来，劝普罗米修斯以他为榜样，向宙斯屈服，并愿意代普罗米修斯向宙斯求情。普罗米修斯蔑视长河神的软弱，拒绝长河神的要求，长河神讪然离去。这时变成了母牛发了疯的伊奥飘泊到他们跟前。伊奥应长河神的女儿们的请求，讲述了自己的苦难经历。原来宙斯爱上了她，经常在她的梦中显现，河神父亲按照神示的指点，把她赶出家门。她的形象发生了变化，头上长出了犄角，被变成一头母牛，开始了飘泊生涯，百眼怪物阿尔戈斯紧紧看守她。百眼怪物死去后，又有一只牛虻继续不断地蜇刺她，驱赶着到处飘泊，来到高加索山。普罗米修斯告诉伊奥，她还得继续飘泊，忍受无数的苦难。她将走过茫茫荒原，穿过游牧部落和蛮族人居住的地方，蹚过暴河，翻越高山，穿过海峡（该海峡此后将称为牛津），最后到尼罗河边，才是苦难的终点。伊奥将在那里居住下来，宙斯将会使她恢复理智，用手轻轻地触她，使她生下一个儿子，儿子以后将会重新返回希腊。普罗米修斯自己暂时还不可能摆脱苦难，除非宙斯结婚，那婚姻会使宙斯自己被推翻，因为他会生一个比他自己还强大的儿子。普罗米修斯还告诉伊奥，她的第十三代子孙，即赫拉克勒斯将会前来帮助他摆脱苦难。

普罗米修斯继续谴责宙斯，希望宙斯能因那婚姻，被比他自己更强大的新神推翻。长河神的女儿们要普罗米修斯说话小心，劝普罗米修斯向惩戒之神告饶，普罗米修斯认为宙斯渺小的不值一提。这时神使赫尔墨斯奉宙斯之命前来，要普罗米修斯说出是什么婚姻会使宙斯失去权力。赫尔墨斯狐假虎威，狂忘傲慢，被普罗米修斯奚落了一顿。普罗米修斯声称无论宙斯用什么苦刑或计谋，都不可能迫使他把那秘密道破，除非宙斯首先为他解除镣铐。赫尔墨斯认为普罗米修斯太固执愚蠢，要他再好好考虑，怎样做对自己有好处，并告诉普罗米修斯，如果他不听规劝，不向宙斯屈服，说出秘密，宙斯将会用雷霆和电火劈开那片悬崖，把他压在悬崖底下，要经过很长时间之后他才会重见阳光，这时嗜血的苍鹰又会每天前来啄食他的肝脏，折磨他。普罗米修斯说他早就知道这些，赫尔墨斯认为普罗米修斯的心灵已陷入疯狂，劝长河神的女儿们离去，免得和普罗米修斯一起遭难。长河神的女儿们对赫尔墨斯指责普罗米修斯感到不满，她们不愿离开普罗米修斯，背弃朋友，因为那是最令人憎恶的恶习。

赫尔墨斯离去，大地开始震颤，雷霆阵阵，闪电耀烁，尘埃滚滚，气流奔腾，天地浑然一片。普罗米修斯知道，这一切都是来自宙斯。

悬崖崩塌，地面开裂，普罗米修斯和歌队一起在雷电中沉入地下深渊。

《普罗米修斯》或译《被缚的普罗米修斯》。一般认为它是《普罗米修斯》三部曲的第一部，第二部是《被释的普罗米修斯》，写宙斯与普罗米修斯和解，赫拉克勒斯把普罗米修斯释放；第三部是《带火的普罗米修斯》，写雅典人崇拜恩神普罗米修斯，举行火炬游行。

《普罗米修斯》情节简单，结构也不复杂，但它历来受到人们的重视，被视为古典名作，这主要是因为剧中塑造了普罗米修斯这样一位爱护人类、不屈服于暴力的光辉形象。宙斯在剧中没有出现，但又无处不在，因为整部悲剧就是宙斯滥施暴力的结果。埃斯库罗斯实际上是把宙斯作为一位暴君进行描绘，反映了诗人的民主精神。剧中伊奥的命运进一步反衬了宙斯的残暴，也使普罗米修斯更加憎恨宙斯。剧中还对一些其他神进行了描写，如威力神的凶残，长河神的怯懦，神使庸俗鄙陋，匠神苦于从命等，他们犹如暴君身旁的众生相。

　　本剧戏剧动作不多，但激烈的观念矛盾使剧中不乏戏剧冲突。剧本气势磅礴，具有独特的风格，至今仍是古典戏剧舞台上的演出剧目之一。普罗米修斯的故事和这部剧本很早便被介绍给我国读者，这部剧本至今已有多种译本。

奥维德的《变形记》

　　奥维德是古罗马奥古斯都时期的重要诗人。奥维德于公元前43年出生在意大利东部苏尔莫的一个古老的骑士家庭，殷实的家境使他有可能很早便去罗马求学，后来又去雅典深造。奥维德的父亲希望儿子能从政发迹，奥维德起初担任过一些低级官职，但政坛的喧嚣和混乱不合他的性格，使他毅然弃官从文，以富有的家境为后盾，往来于上流社会，以诗歌创作为乐。

　　奥维德在青年时期便表现出很高的诗歌天赋，自称本是写作散文，却往往"自然成诗"。奥维德的早期诗歌轻松、优美，使古罗马的爱情哀歌发展达到鼎盛。充分表现奥维德的诗歌才能的是他的神话长诗《变形记》和记述古罗马历法、风俗等的《岁时记》。《岁时记》每月一卷，只写至第6卷，显然是在公元 8 年诗人突然被奥古斯都流放黑海边的托弥时中断。流放原因不详，至今无法定论。诗人在流放期间撰有《哀歌》5 卷、《黑海零简》4 卷，抒发自己的孤寂、哀怨，请求奥古斯都宽赦，但未能如愿，最后于公元 18 年死于流放地。

《变形记》取材于古希腊罗马神话传说，包括大小故事 250 多个，其中主要是爱情故事。诗中以时间为顺序，以变形为共同点，由开天辟地一直叙述到诗人当代。

《变形记》在诗人流放前已经写完。诗人在离开罗马前曾把诗稿焚毁，但由于已有传抄，因而使这部作品得以流传后世。《变形记》是古希腊罗马神话传说的汇集，其哲学基础是一切都在变异。这种变异观念与原始人类的宗教迷信观念有关，而对奥维德的直接影响则来自毕达戈拉斯的一切都在变异的学说。诗中对神采取了不恭态度。全诗最后歌颂奥古斯都统治显然是适应当时的需要。《变形记》内容庞大，结构复杂。叙述以时间为线索，同时兼顾故事本身的特点，把许多本来五连贯的故事串联、组合起来构成一个有机的整体。虽然有些联系显得表面，但读起来仍觉自然。这在当时同类的神话故事著作中是一个首创。书中的故事一般都是广为流传的神话传说，但诗人叙述时注进自己的理解，或如史诗，或如田园牧歌，或如爱情哀歌，使每个故事都很娓娓动人，引人入胜，反映了诗人丰富的想象力和高超的叙事技巧。

《变形记》自古以来一直是欧洲文人、艺术家爱不释手的古典作品，并且为他们进行艺术创作提供了丰富的灵感和素材，因而对欧洲文学艺术的发展曾经产生不小影响。时至今日，《变形记》仍然以其丰富、动人的故事吸引着广大读者。

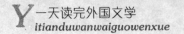
莫里哀的《伪君子》

　　莫里哀是 17 世纪法国古典主义喜剧作家、演员、戏剧活动家。

　　在莫里哀留下的三十余部剧作中，《伪君子》无疑是他的代表作。作品中的奥尔恭是个善良的老实人，热心肠，但轻信固执。有一天，他去教堂做弥撒，注意到跪在他旁边的答而丢夫。他虔诚祷告上天、狂热亲吻地面的模样，令奥尔恭感动。奥尔恭走出教堂时，达尔丢夫赶到门口献上圣水；奥尔恭送他钱，他当面散给穷人。奥尔恭认定这是一位品德高尚的圣人，把他接到家中，奉为良心导师。

　　奥尔恭本来已答应把女儿玛丽亚娜嫁给一个小伙子瓦赖尔，现在他改变主意，决定选塔尔丢夫做她的丈夫。

　　奥尔恭的续弦夫人爱米尔十分贤慧，要桃丽娜去约塔尔丢

夫过来谈谈，想叫他放弃这件婚事。达米斯不顾劝阻，躲到套间内准备偷听。塔尔丢夫来了，面对美貌的少妇心荡神驰，看四下无人，便情不自禁向她百般调情。

这时，达米斯从藏身的套间里冲出来。他像往常一样既暴躁又轻率，认为这事就该告诉父亲才是。正好奥尔恭来了，达米斯便把一切都告诉父亲，揭露这个骗子的面目。爱米尔料想她丈夫不会信服，于是走开了。

塔尔丢夫在奥尔恭面前装出一副甘心受到羞辱的殉教徒样子。他承认自己是一个罪人、一个可恨的败类，自古以来最大的无赖。上天有意惩罚他，才借这个机会考验他一番。当奥尔恭责骂儿子造谣生事时，塔尔丢夫却跪下来求奥尔恭饶恕达米斯。奥尔恭宣布取消达米斯的继承权。

奥尔恭撵走儿子后，进一步把全部财产都送给塔尔丢夫。

奥尔恭带来了一份婚约，对玛丽亚娜的哀求，不作让步。于是爱米尔选择了唯一可能的办法，她保证要让奥尔恭亲眼看见他认为不可能发生的事。

爱米尔要桃丽娜去把塔尔丢夫找来，别人都走开，叫奥尔恭藏在铺着一张大毯子的桌子底下，并预先声明，为了说服奥尔恭，她不得不暂时向塔尔丢夫献媚，让这伪君子放胆胡作非为露出真面目。

塔尔丢夫来到爱米尔身边，有点疑神疑鬼。爱米尔施展她全部的魅力，果然让答尔丢夫露出了贪婪好色的本质，更有甚者，还要她立刻满足他的兽欲。

奥尔恭从桌子底下钻了出来，他看清了事实真相，他要撵走塔尔丢夫。但塔尔丢夫却显得异常镇静，反击道："现在房子已属于我了，该出去的是你。"

奥尔恭垂头丧气，懊悔不及。最使他着慌的是他把一只装有政治文件的小箱子也交给了塔尔丢夫，他担心会连累寄存这只箱子的朋友。

但太迟了！塔尔丢夫告发了奥尔恭，不久便带着侍卫官一道前来，得意洋洋地要把奥尔恭送进监狱。然而事情发生了转机，路易十四早已觉察出塔尔丢夫是一个著名的恶棍，作奸犯科，不计其数，这次他告发恩人，自投罗网正好逮捕他。路易十四念及奥尔恭早年忠心报国，宽恕了他保存秘密文件的过错，并宣布奥尔恭先前立的赠与契约无效。结局圆满：奥尔恭终于同意了瓦赖尔和玛丽亚娜的美满姻缘。

《伪君子》于 1664 年 5 月 12 日在凡尔赛宫初演时为三幕。这部喜剧大胆地讽刺了封建社会的基础之一——天主教会，以致一贯以诗人的保护者姿态出现的国王路易十四在教会的压力下也急忙下令禁演。有个教士甚至要求对莫里哀施以火刑。莫里哀没有被威胁吓倒。他加写了两幕，成了五幕韵文剧，剧终时伪君子被当众戳穿、逮捕。这个修改本在路易十四北征前得到了他的口头批准，于 1667 年 8 月 5 日上演，但第二天又遭到代理国政和最高法院院长的查禁，巴黎大主教也张贴告示，禁止教民"演出、阅读或听人朗诵"这出喜剧，违者开除教籍。1668 年，由于天主教内派系斗争加剧，教皇颁布"教会和平"的诏书，加之莫里哀三次上书，据理力争，经路易十四批准，1669 年 2 月 5 日《伪君子》终于公演，盛况空前。

　　《伪君子》是一部思想深刻、艺术成熟的喜剧，揭露的是当时反动的天主教组织"圣体会"，它在宗教外衣的掩盖下，进行危害法国人民、扩展教会势力的勾当。

司汤达的《红与黑》

　　司汤达原名亨利·贝尔，1783 年生于法国格勒诺布尔一个律师家庭。1799 年来到巴黎。他崇敬拿破仑，1800 年、1806 年和 1812 年曾三次随拿破仑大军南征北战。1814 年波旁王朝复辟后，避居意大利米兰市，1827 年出版第一部小说《阿尔芒斯》，副题是《1827 年巴黎沙龙的几个场景》。1830 年发表名著《红与黑》。法国七月革命后被任命为驻意大利一小城的领事，直到 1842 年逝世。

　　《红与黑》的情节发生在法国一个叫维里埃尔小城。青年于连是木匠索雷尔的儿子，年约十八九岁，体质羸弱，相貌好看。他对拿破仑十分崇拜，年幼时热望将来能入军界，后来波旁王朝复辟，他不敢再提拿破仑的名字了，想转而投靠权势很大的教会。年老的神父谢朗看到他不适于干木匠这一行，出于仁慈之心，教他学拉丁文，他仗着惊人的记忆力把一本《圣经》读得能倒背如流了。谢朗神父把于连推荐给市长德·雷纳尔先生，做他三个年幼儿子的家庭教师。

德·雷纳尔夫人年已 30 岁左右，仍然非常漂亮和纯朴。她在圣心修道院教养长大，心灵深处蔑视像她丈夫那样粗俗的男人。于连来到她家以后，她对这位年轻、聪明的家庭教师产生了真诚的好感。终于有一天夜晚，她接受了于连幽会的要求，同他发生了关系。就于连这方面来说，他起初是出于野心，一种占有的欲望。他那般贫穷，能够得到如此高贵而美好的妇人，这已经是他奢望以外的满足了。

不久，两人的事情被德·雷纳尔先生知道了，于连被迫离开。在谢朗神父的坚持下，于连同意去省会贝藏松的神学院静修。由于有谢朗神父的推荐，神学院院长皮拉尔对于连另眼相看，他把于连介绍给了侯爵。于连成了侯爵的私人秘书。

于连到达巴黎。由于他沉稳能干，侯爵渐渐把他视为心腹。侯爵的女儿玛蒂尔德 19 岁，是一个十分浪漫的美丽少女。她生性高傲，矜持的于连对她采取对抗态度，反而攫住了她的心。不久，玛蒂尔德发现怀孕。她写信通知父亲要同于连公开结婚。侯爵在爱女的坚持下不得不一再让步。并赠给了他金钱、土地、军衔、封号。

正当于连在轻骑兵的驻扎地，穿着军官的制服，陶醉在野心里的时候，德·雷纳尔夫人写信揭发了他。于连飞快赶回，读完揭发信后匆匆搭上一辆驿车，出发去了维里埃尔。他在当地武器店里买了一对手枪，开枪打伤了正在祷告的德·雷纳尔夫人。

于连被捕了，野心破灭了。德·雷纳尔夫人医治好了枪伤，希望能使她仍然爱着的人得到赦免，公开到监狱里去看他。于连这才知道，她给侯爵的那封信，是由听她忏悔的教士起草并强迫她缮写的。于连被判处死刑。行刑的当天夜里，玛蒂尔德赶来按照她所向往的玛格丽特皇后的方式，亲手埋葬她的情人的头颅。至于德·雷纳尔夫人，她在于连死后三天也离开了人世。

长篇小说《红与黑》是司汤达的代表作，依据1827年底几期《法庭公报》上登载的一个青年家庭教师枪击女主人的案例加工改编而成。小说大致写于1829年10月至次年4月，副题《1830年纪事》说明反映的是法国七月革命前夕的政治形势和社会现实。作品通过小资产者于连个人奋斗失败的悲剧，形象地描绘了王政复辟末期广阔的生活画面，以及向往自由平等的知识青年对黑暗的封建复辟势力的反抗斗争。书名具有这方面的象征色彩。于连是个才华出众的平民青年，在大革命后的拿破仑时代，完全有可能凭个人努力而平步青云，但生不逢时，在复辟时期已此路不通。他在法庭上慷慨陈词，认为自己属于这样一种年轻人："他们出生在一个卑贱的阶级里，可以说是受着贫困的煎熬，但是他们有幸受到良好的教育，并且大胆地混入有钱人高傲地称为上流社会的圈子里。"这就是他在等级森严的封建社会里不可饶恕的罪行。于连的形象具有一定的典型意义，作者认为当时"在法国有二十万个于连·索雷尔"。尽管他们在向上爬的过程中有不择手段甚至妥协依附的一面，但在特定的历史条件下，正是他们对贵族社会的不断冲击，揭露了封建复辟王朝的深刻危机。《红与黑》标志着法国及欧洲批判现实主义文学的开端。

司汤达是法国 19 世纪上半期最早全面反映时代的现实主义作家。

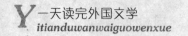
巴尔扎克的《高老头》

奥诺雷·德·巴尔扎克 1799 年生在法国外省的图尔市。

1829 年至 1848 年是巴尔扎克艺术生涯的辉煌时期。他在债务缠身的情况下紧张创作，经常一天工作 15 到 18 个小时，呕心沥血，对作品精益求精，终于写出一部气魄宏大、卷帙浩繁的巨著《人间喜剧》，《人间喜剧》包括 96 篇小说，两千多个人物，深刻广泛地再现了 19 世纪上半期整个法国的社会生活。

由于积劳成疾，1848 年以后巴尔扎克基本上停止了写作。1850 年 8 月 18 日因病逝世。

《人间喜剧》分风俗研究、哲学研究、分析研究三大部分，其中风俗研究为主体，又分私人生活、外省生活、巴黎生活、政治生活、军事生活和乡村生活六个场景。作者采用分类编排和人物再现的方法，将众多小说联成一个整体，构成世界文学史上一座规模空前的宏伟纪念碑。

《高老头》（1834）是私人生活场景里的一部长篇小说，由于开创了自成一统的小说系列，引进了《人间喜剧》中大批重要人物，所以历来被认为是《人间喜剧》的序幕。

一个叫伏盖太太的老妇人。40 年来在巴黎拉丁区开着一所兼包客饭的破旧公寓，1819 年冬寄宿的房客共有七位，还有十来个人包一顿晚饭。

69 岁的高里奥老头是饭桌上老给人家打哈哈的出气筒。这位退休面条商在大革命时代当过本区的区长，由于囤足面粉，饥荒时发了财，富有每年六万法郎以上的进款。他的聪明才智已为粮食买卖用尽，妻子早死后，便溺爱两个女儿。一到出嫁的年龄，他给了每个女儿五六十万，让她们攀一门好亲事。他的大女儿阿娜斯大齐想当贵族太太，嫁给雷斯多伯爵，跳进了高等社会。小女儿但斐纳喜欢金钱，嫁了银行家纽沁根。他为女儿着想，1813 年盘出铺子，住进伏盖公寓。波旁王朝复辟后，两个女婿把他赶出他们的圈子。当他是个要不得的下流东西。高老头只能私下见到两个女儿，满足她们各种奢侈的欲望，个人生活每况愈下，如今每个月的房饭钱只能花45 法郎了。

与高里奥老头同住阁楼的法科大学生拉斯蒂涅是从乡下来的，22 岁，一心想向上爬。他凭当年曾入宫觐见的姑母介绍，得以进入巴黎名门贵族鲍赛昂子爵夫人的府邸，以她为表姐。他在舞会上发现了雷斯多伯爵夫人，由于不了解情况，在上门拜访时说出高老头的名字，无意之间得罪了她。这时，鲍赛昂夫人正面临上流社会中最可怕的祸事：与她相好三年的美男子阿瞿达侯爵正准备将她遗弃，为了20万法郎利息的陪嫁，要同洛希斐特的一位小姐结婚。拉斯蒂涅乘机向她表示忠心，愿意为她出生人死。鲍赛昂夫人对这位表弟也就大为关心，给他出谋划策，说高老头的两个女儿彼此嫉妒得厉害，她可以把姓氏借给他，让他去追求但斐纳，因为这位银行家太太只要能进她的客厅，便是把一路上的灰土舐个干净也是愿意的。她指导这个初出茅庐的青年说："只能把男男女女当做驿马，把它们骑得精疲力尽，到了站上丢下来，这样你就能达到欲望酌最高峰。"

正当拉斯蒂涅做了新装，跃跃欲试时，住在他楼下的伏脱冷向他提出了一项更加诱人的建议：只要拉斯蒂涅肯给他两成佣金，他可以替拉斯蒂涅弄到一百万陪嫁。他看出住在二楼的泰伊番小姐已经爱上拉斯蒂涅。她父亲拥有三百万，想把全部家产传给独养儿子，竟把女儿一脚踢开。但他可以让朋友跟那个小子寻事，请他回老家，这样巨额财产就会自然而然落到泰伊番小姐，也就是拉斯蒂涅手中。

拉斯蒂涅对伏脱冷这项血腥的计划感到害怕，不敢接受。他在高老头和鲍赛昂夫人的鼓励和帮助下，向纽沁根太太进攻，进展很快。但他发现她表面上阔绰，实际上纽沁根连一个子儿都不让她支配，他又几乎不由自主地要接受伏脱冷的计策了。伏脱冷告诉正在和泰伊番小姐信誓旦旦的拉斯蒂涅，事情已成定局。

这时警察部长疑心伏脱冷便是绰号叫做鬼上当的逃犯，通过暗探用三千法郎买通房客波阿莱和老姑娘米旭诺，要他俩协助验明伏脱冷的身份。当晚，伏脱冷为防止拉斯蒂涅反悔，去向泰伊番父子通风报信，用药酒将他和高老头灌醉。

第二天中午，拉斯蒂涅一醒来，便看见泰伊番先生派人来请女儿回家，他的儿子已决斗而死。伏脱冷正得意时，忽然直僵僵倒在地下，原来他被米旭诺小姐下药灌倒了。米旭诺将众人支出，在他肩头打一巴掌，果然显出苦役犯的印记。伏脱冷醒来后，就被警务人员包围、逮捕，随即被押走了。

拉斯蒂涅决定不娶泰伊番小姐。高老头将长期年金改存终身年金，用多余的本金替拉斯蒂涅布置了一所单身汉的精雅屋子，想将来自己也可住在楼上，好经常见到但斐纳。他们正要搬家时，但斐纳匆匆来找高老头，说她发现丈夫是个骗子，拿她的陪嫁去做投机买卖，她已两手空空；阿娜斯大齐又来向父亲要十万法郎，去赎回她为了替情人还债而典掉的家传钻石，否则她丈夫就要夺走她的全部产业，眼下还急需一万二，以免她的情人、孩子们的父亲因赌债去坐牢、丢脸。高老头禁不住接二连三的打击，被她们逼得晕了过去。

第二天，高老头为付大女儿定做的舞衣款，抵押了他的终身年金。他已陷入身无分文的境地，脑溢血发作。姊妹俩盛装艳服，去赴鲍赛昂夫人退隐前的盛大舞会，却不来看望病危的父亲。老人在痛苦、悲愤中死去。

拉斯蒂涅当掉他的表，为高老头送葬。两个女儿及女婿没有一个到场。拉斯蒂涅埋葬了青年人最后一滴眼泪，走到公墓高处，用欲火炎炎的眼睛远眺巴黎，说道："现在咱们俩来拼一拼吧！"为了向社会挑战，他到纽沁根太太家吃饭去了。

《高老头》就其主题思想及艺术成就来说，是巴尔扎克最优秀的作品之一。法国资本主义关系由于1789年大革命而取得胜利，在拿破仑统治时期得到巩固，1814年在外国势力扶植下复辟的波旁王朝已无法使历史的车轮彻底倒退。小说形象地反映了上升的大资产者以金钱为武器，对贵族社会进行日甚一日的冲击，力争实现独占统治这一历史进程。旧名门贵妇的代表鲍赛昂子爵夫人尽管气势烜赫，但财力不及具有丰厚陪嫁的资产阶级小姐，终于情场败北，凄凉地从上流社交界的舞台隐退。高老头的两个女儿凭借父亲的金钱打入贵族社会，她们争先恐后地拥到这位贵夫人家里去，好似群众挤到葛兰佛广场去看执行死刑，这种场面多少带有象征意义。

小说生动地表现了金钱的力量和腐蚀作用。伏脱冷之所以要不择手段地谋财害命，就因为一旦成功了，便没有人盘问他出身，他就是"四百万先生，合众国公民"，能高高地坐在一切之上，甚至坐在法律之上。高老头的惨剧就在于这个父亲给光了他的财产：柠檬榨干了，那些女儿把剩下的皮扔在街上。外省破落贵族子弟拉斯蒂涅在这样的社会影响下，只能一步步沉沦，在读完了不成文的"巴黎法"之后，决定投靠大银行家纽沁根。

艺术方面，作者通过真实、准确地描绘伏盖公寓、鲍赛昂府邸等地的细节，成功地塑造了一些典型环境中的典型人物，其中拉斯蒂涅、纽沁根、伏脱冷等在后来的作品中还反复出现，逐渐完成他们的性格发展。

巴尔扎克是法国以及世界文学史上批判现实主义文学的主要代表作家。马克思、恩格斯曾给予巴尔扎克很高评价，认为《人间喜剧》所取得的艺术成就"是现实主义的最伟大胜利之一"。

雨果的 《悲惨世界》

　　维克多·雨果于 1802 年生在法国东部的贝藏松。1827 年在剧本《克伦威尔》的长序中，他提出美丑对照等浪漫主义的文学主张。1830 年 2 月 25 日，他的名剧《爱那尼》演出成功，标志着浪漫主义对伪古典主义的胜利。七月革命后发表长篇小说《巴黎圣母院》，表现出强烈的反封建反教会精神。

　　1851 年 12 月，路易·波拿巴发动政变，复辟帝制，雨果作为共和派代表，被迫离开法国，开始长达 19 年的流亡生活。这个时期，他的创作丰富，有长篇小说《悲惨世界》、《海上劳工》、《笑面人》，诗集《惩罚集》、《静观集》、《历代传说》，以及一些政论和文艺批评专著。

　　1872 年，他发表以法国大革命为题材的长篇小说《九三年》。晚年还写了一些诗集和政论。1885 年，雨果在巴黎逝世，遗体隆重安葬在伟人祠。

《悲惨世界》规模宏大，约 120 余万字，分五部分，标题分别为《芳汀》、《珂塞特》、《马吕斯》、《卜吕梅街的儿女情和圣丹尼街的英雄血》、《冉阿让》。

冉阿让从小父母双亡，由姐姐抚养长大，成为一个修树枝的工人。有年冬天，他失业了，眼看守寡的姐姐和她的 7 个小孩就要饿死，无奈偷了一个面包，竟被判处 5 年苦役。他 4 次越狱未遂，又被加判 14 年，受尽折磨。1815 年刑满释放，徒步来到南方小城狄涅。由于他只有表明系危险分子的黄色身份证，无处可以安身，正在走投无路时，卞福汝老主教热情收留了他。冉阿让怨恨社会的不公，半夜偷走主教的银餐具，被警察押回对证时，主教索性将仅存的一对银烛台也一起送给了他。警察走后，主教郑重地说："冉阿让，我的兄弟，我赎的是您的灵魂。"冉阿让受到感化，决心立志为善。

他来到北部海滨小城蒙特猗，改名为马德兰，因对饰物工业进行技术革新而致富，城市也繁荣了。他建造工厂，兴办慈善事业，受到民众的爱戴，1820 年当上市长。这期间他救下了被迫沦为妓女的芳汀并答应她把寄养在旅店老板德纳第家里孩子接来。

一天，有个流浪汉在地下捡了一根苹果枝，被指控犯了盗窃罪，并认定他就是"冉阿让"。马德兰经过激烈的思想斗争，决定赶到法院去自首，以免这个无辜者代他作为累犯判罪。静候处理期间，他去看望重病的芳汀，被敌视他的沙威奉命抓捕。芳汀禁不起惊吓，当场死去。

1823 年，在土伦港一艘巨舰上，正在服终身苦役的冉阿让趁救人之机，敲断脚上的铁链，跳海逃脱。圣诞节之夜，他来到孟费郡，看见了受尽虐待、遍体伤痕的小珂赛特，在付了德纳第家一笔重金后，他才得以领走珂赛特，他们来到了巴黎，在荒僻地区一所老屋住下。但他暗中行善的名声很快引起已调到巴黎的警官沙威的注意，在他的追捕下，冉阿让带着珂赛特翻过一堵高墙，逃入一座女修道院。

1829 年，冉阿让在卜路梅街租下一所房子，白天常带珂赛特到卢森堡公园里去散步。珂赛特逐渐出落成一位美丽的少女，并与小伙子马吕斯产生了爱情。

1832 年 6 月 5 日，巴黎爆发了大规模的起义。"人民之友"社在圣德尼街也设立了街垒。沙威来侦察，被起义者抓了起来。马吕斯也参加了战斗，表现十分勇敢。冉阿让得知珂赛特的心事后，也来街垒做救护工作。他奉命处死沙威，却私自把他放走了。起义遭到政府军残酷镇压。马吕斯也受了重伤。冉阿让背起昏迷的马吕斯，进入下水道，不料又遇上沙威。沙威同意让他先把马吕斯护送回家，然后自首。这时，一种强烈的震撼侵入沙威的心，那就是他对一个苦役犯感到钦佩。他所信仰的一切都崩溃了，没有理由再活着，终于投河自尽。

在马吕斯和珂赛特婚礼上，冉阿让向马吕斯开诚布公地说明自己真实的身份，却遭到马吕斯的误解和嫌弃。冉阿让离开了。最后，当马吕斯得知冉阿让就是马德兰先生，也就是自己一直在寻找的救命恩人时，他才认识到这不幸的人多么可敬可佩。

马吕斯带着珂赛特赶到冉阿让的住处，想请求老人原谅，接他回去。但是太迟了，冉阿让已到弥留之际。他把那对珍藏的银烛台留给珂赛特，说不知道送他烛台的那一位在天上是否对他感到满意，他已尽他所能了，他祝愿这对年轻人永远相爱。

《悲惨世界》是雨果的代表作。经过长期的酝酿和搜集资料，他从 1845 年动笔写作，历经 16 年才完成。作品围绕冉阿让、芳汀、珂赛特几个下层人物的悲惨遭遇，对法国王政复辟时期和七月王朝初期的黑暗社会，进行了愤怒的控诉和批判。

作者的人道主义思想在小说中有充分的体现，对一切受压迫、受欺凌的劳动人民寄予真挚的同情。沙威是旧法制的象征，恶的化身。冉阿让历尽磨难，在卞福汝主教的感召下，迸发出无穷的力量，做了许多善事，尽管一再受到沙威的追捕，仍以德报怨，终于使沙威羞愧得无地自容而自尽，如此夸大仁爱的力量，显然具有乌托邦的色彩。

《悲惨世界》显示了现实主义和浪漫主义美妙结合的艺术特色，既表现出作者对现实生活、历史事件的正确观察和深刻概括，又富有诗意的想象。

大仲马的《基督山恩仇记》

　　大仲马1802年7月24日生于法国，父亲是个混血儿，当过将军，是个共和党人。大仲马在农村度过童年，因父母早丧，生活贫困，曾在事务所当过公证人的见习生。来到巴黎后，担任奥尔良公爵办公室的文书。他的早年戏剧创作对浪漫主义运动作出了贡献。其《亨利三世及其宫廷》标志着浪漫派戏剧的第一次重大胜利。他最著名的小说有两部，一是《三个火枪手》，一是《基督山恩仇记》。此外，较著名的还有：《三个火枪手》的续篇《二十年后》、《约瑟夫·巴尔萨莫》及其续篇《王后的项链》等。1870年12月5日大仲马去世。

　　《基督山恩仇记》描写了一个复仇的故事。1815年2月底，年轻的代理船长爱德蒙·唐泰斯因为替拿破仑传递一封密信而蒙冤入狱。他是被觊觎船长职位的唐格拉尔告的密。代理检察官维勒福正是密信的收信人的儿子，他唯恐有碍于自己的前程，把唐泰斯投入死牢，自己却获得了荣誉团勋章。之后，他成为马赛的首席法官，他不理会船主摩雷尔的申诉，就是不放唐泰斯出狱。

唐泰斯在狱中过了14年，一天，他突然听到挖掘的声音，原来是隔壁牢房的法里亚神甫在挖地道。两人相遇后，合谋越狱。可是神甫到最后关头病倒了，临死前他把地中海上的基督山岛埋藏着财宝的秘密告诉了唐泰斯。唐泰斯钻进包裹神甫尸体的麻袋里，被扔入海中。逃出去的他果然在基督山岛发现了宝藏，成了亿万富翁。于是，他决定去惩恶扬善。

他花了20万法郎弄到了那封告密信，并了解到自己被捕的真相。

唐泰斯用了8年时间准备复仇。8年后，他回到巴黎，成了一个银行家，化名基督山伯爵。这时，维勒福是巴黎的检察官，唐格拉尔做了银行家，费尔南成了伯爵和议员。三人都飞黄腾达。基督山伯爵手牵三根复仇之线，按计划同时进行。

小说对复辟王朝的黑暗政治进行了揭露和谴责，还暴露了七月王朝时期上层人物的罪恶历史。唐泰斯的三大仇人在这一时期挤进了统治阶层。他们的发迹反映了这个社会的倒行逆施和黑暗。小说的正面人物都反对复辟王朝：性格坚毅、刚直不阿的拿破仑党人首领努瓦蒂埃；信奉共和、善良仁慈的船主摩雷尔。这两个人物表明了作者鲜明的政治态度。

作为通俗小说的典范作品，这部小说有三个艺术特点。一是情节复杂，一气呵成。主要情节中化出若干次要情节，险象环生，跌宕起伏；小插曲紧凑精彩，却不喧宾夺主；情节离奇而又不违反生活真实；前面四分之一篇幅写主人公被陷害经过，后四分之三写复仇，脉络清楚；复仇的三条线索虽然交叉，却保持独立性，最后汇合，环环相扣，步步深入。二是善写对话，戏剧性强。人物的思想和性格通过对话来表现，基本上用对话展开情节，甚至交代往事。三是形象鲜明，个性突出。唐泰斯的单纯和基督山伯爵的铁面无情是统一的；三个反面人物同是狡猾阴险，唐格拉尔显露一些，维勒福老奸巨滑，不露声色，而莫尔赛夫则有流氓习气；次要人物也相当生动，维勒福夫人心狠手辣，唐格拉尔夫人卑琐猥亵，虽然她们同样贪财；摩雷尔热诚，努瓦蒂埃刚烈，虽然他们同样正直。人物性格互不雷同，这是大仲马高于一般通俗小说家之处。

福楼拜的《包法利夫人》

　　居斯塔夫·福楼拜 1821 年 12 月 21 日生于法国的卢昂。1841 年，他到巴黎攻读法律，但在 1844 年，他因被怀疑患癫痫或神经性疾病，不得不中途辍学，以致终生不能结婚。

　　1856 年《包法利夫人》的问世，曾引起轩然大波，法院控告作者有伤风化，侮辱宗教和公众道德。

　　《包法利夫人》是 19 世纪现实主义文学中的一部力作。1837 年的一个夜晚，卢欧老爹摔伤了腿，镇上的医生查理·包法利前去急诊，看上了卢欧的女儿爱玛。包法利待妻子去世后，娶了爱玛。爱玛在修道院受过教育，以为婚姻会给她带来自己憧憬的贵族般奢华的生活。但包法利谈吐平庸，毫无雄心，使她大失所望。

　　不久，爱玛与见习生赖昂产生了爱情，但两人都不敢有越轨的行为。卑琐的生活使爱玛感到压抑，她精神上的痛苦不为包法利所觉察，她不由得怨恨他。一天，庄园主罗道耳弗来看病，觉得爱玛长得标致，而包法利很蠢，便想方设法地勾引了爱玛。对丈夫的怨尤，促使爱玛同罗道耳弗更加频繁地幽会。随着她的沉沦，她更加注重生活享受。钱不够花，她便借贷。她一心想和罗道耳弗私奔，而罗道耳弗其实在逢场作戏，无情地弃她而去，致使爱玛病了一个多月。

包法利为了让爱玛散散心，带她到卢昂去看戏，凑巧遇到赖昂。赖昂这次不放过机会，把她弄到了手。之后爱玛以学钢琴为名，每星期到卢昂一次。这期间她大量购买奢华的物品，不断地典卖，把财产挥霍一空。债主这时无情地逼债，把包法利家的全部财产扣押起来。爱玛四处求助均遭拒绝。爱玛绝望之中吞下砒霜自杀了。

爱玛的悲剧是对令人窒息的现实的深刻揭露。修道院教育养成她向往上流社会糜烂生活的思想和爱幻想的习惯。平庸的现实是她一步步走向堕落的催化剂。一旦遇到情场老手，她便走上沉沦的道路。享乐意识也开始膨胀起来。她的想入非非、不切实际的品性被称为"包法利主义"，这是平庸卑污的现实和渴望理想爱情，超越实际可能的幻想相冲突的产物。

福楼拜的人物塑造重视精神气质的刻画：爱玛的耽于幻想，包法利的愚陋，郝麦的讲求实利，都是从人物的精神状态去表现的。作者将环境描写融合到情节叙述中，与人物塑造有机地结合起来。在遣词造句上，福楼拜不愧为大师。小说中用词精确、比喻恰当的句子不胜枚举：人物语言符合身份，极见工力。段落的安排和搭配非常讲究。叙述角度力求变化，给后来的小说家许多启发。

左拉的《萌芽》

　　爱弥尔·左拉是法国自然主义理论的创导者、小说家、剧作家。他 1840 年生于巴黎，7 岁丧父，母子靠外祖父接济度日。中学毕业后，打短工独自谋生。1862 年，他进阿歇特出版社当打包工人，因文学才能得到老板赏识，被提升为广告部主任。1865 年，他发表第一部长篇小说《克洛德的忏悔》，自然主义倾向初露端倪。第二帝国警方认为该书"有伤风化"，又发现他与共和派交往，便搜查他的办公室，左拉就此辞职，开始专业写作。

　　《萌芽》是左拉的代表作，是一部描写煤矿工人为了反抗资本家的剥削而奋起抗争的作品。主人公名叫艾蒂安。

　　《萌芽》是卷帙浩繁、规模宏大的《卢贡·马卡尔家庭》中第十三部作品，是作者最著名的小说之一。《卢贡·马卡尔家族》的副题是"第二帝国时代一个家庭的自然史和社会史",作者的本意想强调一个家族的自然史中遗传规律的命定性,不过他的创作实践却远远超出了这一意图。由于卢贡·马卡尔家族的成员分布到社会一切阶层里,作品的内容几乎涉及第二帝国社会生活的各个方面,成为 19 世纪下半期法国的一部生动的社会史。

左拉早在 1877 年时,就想写一部研究工人政治作用,特别是社会作用的小说。从那时起,工人斗争在法国所有工业区迅猛发展。1884 年 2 月 20 日至 4 月 18 日,北方昂赞煤矿区爆发了大罢工,左拉于 2 月 23 日赶到现场进行调查,拟定小说的提纲,3 月初回到巴黎。他利用这次采访的材料,结合并归纳的第二帝国末期发生的所有流血煤矿大罢工,于 1884 年 4 月 2 日至 1885 年 1 月 23 日写出了长篇小说《萌芽》。

这部作品的主人公艾蒂安是马卡尔家族第三代一个洗衣女工的儿子,小说描写了他在国际工人协会的指导下,从一个具有反抗精神的普通工人成长为工运领袖的过程。矿工马赫及其妻子勤劳、朴实、勇于献身的形象也给人留下了深刻的印象。

小说以大量的篇幅展示矿工们在残酷的压榨下所过的非人的生活,往往令人惨不忍睹,但在强调情欲、本能、精神变态时,不免表现出自然主义的局限性。

《萌芽》是世界文学史上第一部正面描写罢工斗争的作品,场面宏伟,具有史诗的规模,影响深远。书名表明了作者对工人运动的信心。

小仲马的《茶花女》

　　小仲马 1824 年 7 月 27 日生于巴黎，父亲是大仲马，母亲是个洗衣女工。他直至 1831 年才被大仲马承认。由于大仲马的原因，他从小就踏入戏剧界和文学界，培养了他的文学兴趣。

　　从 1842 年起，他过着独立的生活。一天，他邂逅了一个年轻女人，她名叫玛丽·迪普莱西，真名为阿尔丰西娜，她的相貌光彩照人。1844 年，小仲马在杂耍剧院又遇到她，她由一个老富翁陪伴着。小仲马很快成了她的情人，但 1845 年夏天，他们发生争吵，断绝了来往。玛丽于 1847 年病逝于巴黎，时年 23 岁。小仲马得知噩耗后，在一个月内写出了《茶花女》，小说大获成功。在此后的三年中，小仲马接二连三地写了十来部小说，都没有得到期待的反响。随后他转向戏剧，将

《茶花女》改编成剧本，却被禁演，直到 1852 年初才获准上演，引起轰动。之后小仲马又写出了《半上流社会》、《金钱问题》、《私生子》等剧本。

《茶花女》以第一人称写成。主人公是"茶花女"玛格丽特和她的爱人阿尔芒。作者以自身的经历为蓝本，加以诗意化写出。他高度赞美玛格丽特的爱情："她像最高尚的女人一样冰清玉洁。别人有多么贪婪，她就有多么无私。"玛格丽特不是一个见钱眼开、淫荡无行的妓女，而是一个生活在底层的被损害者和被凌辱者。她尤其看中阿尔芒的真诚和同情心，认为"世间只有你同情我"。于是她放弃了巴黎的豪华生活，和阿尔芒在乡间过着清淡却宁静、甜蜜的日子。直到听了阿尔芒父亲的一席劝告以后，她才毅然作出牺牲，以自己贪恋奢靡的生活为由离开了阿尔芒，至死不露声色，成全她的情人。虽然作者并不讳言她陷入火坑，有着向往奢华生活的弱点，但她这是为了忘却现实的需要，愈是寻欢作乐，愈是想尽快舍弃人生。她过着放纵生活，却仍然保持纯真。这种复杂心理刻画得细致入微。阿尔芒的爱冲动、性格豪爽、不假思索、敢于提出令人难以忍受的需要，这些特点写出了一个涉世未深的热血青年形象。他的一往情深也得到了生动的描绘。

阿尔芒的父亲迪瓦尔体现了资本主义社会的道德观念。他认为有责任去挽救走入歧途的儿子，而且儿子的行为已经影响到女儿的婚事，刻不容缓需要解决。他向玛格丽特提出的理由，使她无法反驳。而在内心，他则认为妓女没有心肝，是一种榨钱机器，对玛格丽特是蔑视的。他的务实精神近乎冷酷。

　　小说的描写朴实无华，发展过程单纯自然，这是《茶花女》最显著的艺术特点。小说几乎没有枝蔓，写得十分紧凑，这更加强了它朴实的特点。

莫泊桑的《漂亮朋友》

　　居伊·德·莫泊桑 1850 年 8 月 5 日生于法国的迪埃普。父亲生活浪荡，导致家道败落。1856 年父母分居，莫泊桑跟随母亲在农村度过童年。1870 年普法战争爆发后入伍，直到战争结束。1872 年他进海军部舰队装备处，10 月在巴黎法律系注册。1878 年他转至国民教育部工作。1871 至 1880 年是莫泊桑的创作准备阶段，他师从福楼拜。福楼拜是他舅舅和母亲的朋友，这位名作家将现实主义的创作原则深印在他的脑海里：必须仔细观察生活，从中找到别人没有发掘过的东西；反对在作品中现身说法，要保持客观；揭露和鞭挞资产阶级偏见。福楼拜还教导他，才能只不过是长期勤奋的工作而已。

　　1880 年《羊脂球》的发表使他一举成名。长期的准备和生活积累，使莫泊桑的写作才能发挥到了极致，在 10 年左右时间写出约三百篇中短篇小说，成为世界上短篇小说大师。成名以后，莫泊桑有机会涉足上流社会，扩大了他的视野。从1883年开始，他写作主要以上层社会为题材的长篇小说：《一生》、《漂亮朋友》、《温泉》等。

莫泊桑自1884年以来便出现神经性疾病，逐渐发展。1892年他因神经病发作而自杀，18个月后去世。

莫泊桑继承了福楼拜、巴尔扎克和司汤达揭露现实的优秀传统，《漂亮朋友》是一部揭露性很强的小说。

揭露内容之一是针对新闻界的黑幕。莫泊桑细致地描写了《法兰西生活报》怎样成为瓦尔特一帮操纵政局的重要工具。报纸老板瓦尔特深谙经营之道；同时又插手政治，他既是金融家，又是众议院议员，在议院形成一股强大的势力。《法兰西生活报》是半官方性质的。为了让他们当中的重要人物拉罗舍·马蒂厄上台，瓦尔特一帮利用报纸制造舆论，实现了倒阁阴谋，拉罗舍·马蒂厄终于当上了外交部长。瓦尔特还利用报纸实现了投机事业。小说的揭露引起右翼强烈反应，莫泊桑给以有力的反击。揭露内容之二是针对当时法国政府的殖民地政策。小说中的摩洛哥影射法国政府在突尼斯的远征计划，法国政府在1881年终于将突尼斯置于法国的保护之下。在政治和军事行动之后，是尖锐的经济问题在起作用。法国的财阀利用突尼斯经济情况不佳，大搞投机活动，发了横财。瓦尔特是他们的代表。揭露内容之三在于塑造了一个现代冒险家的典型杜洛瓦。他利用女人来发迹，一步步向上爬。他不择手段，飞黄腾达，获得巨额财产和令人注目的社会地位。官方对这个恶棍式的冒险家的成功也只得赞许。莫泊桑巧妙地把法国文学中常见的"戴绿帽子"的描写与资产阶级人物的发迹结合起来，写出了资产阶级政客的丑恶灵魂。

就小说所描写的政治生活、经济生活而言，《漂亮朋友》不愧为19世纪末法国社会的一幅历史画卷。

罗曼·罗兰的《约翰·克利斯朵夫》

罗曼·罗兰于 1866 年 1 月 29 日生于法国克拉姆西。他从小爱好音乐，到巴黎上中学后醉心于托尔斯泰和雨果的作品，形成了非暴力主义的人道主义思想。主要作品有《贝多芬传》，《米开朗琪罗传》和《托尔斯泰传》等。而使罗曼·罗兰驰名于世的则是他的杰作《约翰·克利斯朵夫》。

1945 年 1 月 2 日罗曼·罗兰去世后被安葬在克拉姆西。

《约翰·克利斯朵夫》是一部多达 10 卷的长篇小说，描绘了音乐家约翰·克利斯朵夫·克拉夫特的一生。前三卷《黎明》、《清晨》和《少年》叙述了他的童年和少年时代。他出生在德国莱茵河畔的一个小城里，像贝多芬一样很早就经受了各种不幸和痛苦。他的祖父和父亲都是宫廷乐师，他们要把他训练成能够光宗耀祖的大音乐家，他因此不得不被迫在父亲的戒尺下每天练琴。父亲酗酒成性，母亲只得常常出去给人帮佣以贴补家用。主人家的少爷小姐欺负他，他奋起反抗，却被主人和自己的父母痛打了一顿。后来祖父把他练习弹奏的各种曲调整理出来，题为《童年遣兴》献给了雷沃博大公爵，使他得以举办音乐会并得到赏识，被任命为宫廷音乐会的小提琴手。祖父死后家境困难，他除了工作以外还要在有钱人家里当钢琴教师，他与学琴的弥娜小姐相爱，但是遭到了弥娜母亲的冷酷阻挠；他爱上了年轻的寡妇萨比娜，她又不幸患感冒去世；最后他与女职员阿达相爱，不料她竟然用极为庸俗的手段来刺激他的嫉妒心，从而毁掉了他们的爱情，使他心灰意冷，最后在当乡村货郎的舅舅的教育下才振作起来。

第四卷《反抗》和第五卷《节场》是对德法两国文化艺术界现状的批判。克利斯朵夫发现德国的音乐界充满了虚伪，甚至对贝多芬以外的德国古典音乐都深感不满，因此常常发表文章予以抨击，结果遭到批评界的围攻。他在宫廷乐队里也常和别人发生冲突，最后因顶撞大公爵而被赶出了乐队。有个法国女演员说巴黎是自由的地方，他听了以后心向往之，正巧他在乡下的一次舞会上发生的殴斗中打死了一名调戏少女的士兵，于是匆忙逃离德国来到巴黎。结果他发现法国的文艺现状同样虚伪和庸俗，充满了铜臭和精神卖淫的风气，艺术成了社交界和官场捞取资本的手段，总之整个巴黎文艺界就像乱糟糟的集市一样。克利斯朵夫感到无比失望，甚至指名道姓地批评了当代的一些著名作家，因此又陷于孤立的境地。当他病倒后发高烧的时候，是邻居的女仆不求回报地精心照料才使他恢复了健康。

接下去的三卷是《安多纳德》、《户内》和《女朋友们》，着重描写了克利斯朵夫的友谊和爱情。《安多纳德》描写了安多纳德和奥里维姐弟俩从童年到青少年时代的生活。克利斯朵夫在德国的时候，有一次曾在剧院门口偶然邀一个法国女子看戏，而且因此连累她失去了家庭教师的职务，这个女子就是安多纳德。后来他与她在法国重逢并互相思念，其实她就是奥里维的姐姐。她一直爱着克利斯朵夫，但不幸的是因病去世了。她的弟弟奥里维因此设法在一次音乐会上结识了克利斯朵夫，这两个崇尚自由的年轻人结下了深厚的友谊。《户内》写克利斯朵夫与奥里维合住一套房子，互相照顾，并且通过奥里维认识了普通的法国人的善良和正直，最后大力促成了奥里维的婚事。《女朋友们》写奥里维一度为爱情疏远了克利斯朵夫，但是妻子跟着情夫跑了，他们又恢复了从前的友谊。克利斯朵夫见到了从前向他学习钢琴的葛拉齐亚，两人之间产生了微妙的友情。她这时已经成为奥地利的伯爵夫人，因此利用自己的地位来使他走红，成为著名的大音乐家。但是她不久就随丈夫到美国去了，所以他在兴奋之余，又为自己得不到人们的真正理解而痛苦。

在第九卷《燃烧的荆棘》里，克利斯朵夫经受了最后的考

046

验。他对世纪末的形形色色的主义和思想虽然表示怀疑，但为了找到真正能接受他的音乐的听众，他还是接近了工人群众，参加了一些平民集会。在五一节的示威游行中，群众与警察发生冲突，奥里维为救护他人而被人群踩在脚下受伤致死。愤怒的克利斯朵夫在打死一个警察后逃往瑞士，寄居在朋友勃罗姆的家里。出乎意料的是，他的琴声唤醒了勃罗姆的妻子阿娜长期被宗教信仰所压抑的情欲，因而与他发生了关系。他感到无比痛苦与羞愧，在自杀未遂后隐居在汝拉山上的一个山村里埋头创作。第十卷《复旦》写他在 10 年后重逢新寡的葛拉齐亚，想和她结合，而她虽然爱他，却担心婚姻会影响他们纯洁的爱情，因此婉言拒绝了。他在她的劝说下重返巴黎，受到了热烈的欢迎。这时他虽然驰名世界，但心境已趋平静，在听到葛拉齐亚去世的噩耗时也异常镇静。他把晚年的爱给了奥里维的儿子乔治和葛拉齐亚的女儿奥洛拉，像慈父一般促成了他们的婚姻。在他们出发去度蜜月之后，他在病榻上回顾了自己一生经历的奋斗和考验、友谊和爱情，对一切都表示忏悔和宽恕，认识到只有人道主义的博爱精神才是人类欢乐和幸福的源泉。他的灵魂已被一生的痛苦所净化，他直到临终都在心里谱写着一曲生命的颂歌。

罗曼·罗兰是法国现代著名的小说家、剧作家、传记作家和评论家，卓越的人道主义者，他的杰作《约翰·克利斯朵夫》是一部富于浪漫主义色彩的现实主义巨著。他在小说里描绘了音乐家约翰·克利斯朵夫历经坎坷终于成名的一生，鞭笞了德法两国文化界的庸俗和虚伪，同时像雨果一样随时评论和抒情，从而使这部传记式的长河小说充满了诗意。罗曼·罗兰为主人公取的名字在德语里的意思就是力量，因为他要表现的是一位能够驾驭内心的丰富感情的音乐家、一个能够以个人奋斗来控制生活的英雄。但是当他把这个人物置于社会现实之中的时候，不禁对当时欧洲的麻木状态感到震惊，因此要用人道主义的博爱精神来团结各个民族。

为了宣扬这种理想，罗曼·罗兰采用了新的表达方式，写出了一部抒情的音乐小说，它描绘的生活就像一条长河，有节奏地向大海流去，意在打动读者的心灵。应该指出的是，罗曼·罗兰从酝酿到完成这部小说，前后长达 20 余年，因此可以说它或多或少是他的自传，只是他的个性体现在不同的人物身上，所以不易察觉罢了。

莎士比亚的《哈姆雷特》

049

　　威廉·莎士比亚，1564 年 4 月 26 日出生于埃文河畔斯特拉特福镇。父亲是经营谷物的小商人，莎士比亚读书不多，上过当地的文法学校。1589 年他 25 岁左右离开家乡去伦敦，开始在戏剧界工作，做演员兼编剧。自 1590 年至 1600 年的十年间，他一共创作了 22 个剧本，这是他的创作高峰期。这些剧本连贯地显示了英国三百年来的大事记。莎士比亚以英国人的自豪表达了他的爱国主义热情和英雄观。莎士比亚年寿不高，但他到晚年仍很勤奋，最后十年新作频频问世，除戏剧之外，他还创作有散文和十四行诗 154 首，这些诗在莎士比亚生前得以出版。

　　《哈姆雷特》是莎士比亚四大悲剧之一，也是通常评价最高，争议最多的作品。这个剧本大约 1603 年在伦敦上演，此后便有单行本问世。这个故事最早见于 13 世纪撒克曼·格拉玛克斯的《丹麦史》。

《哈姆雷特》描写丹麦王子为父报仇的故事。丹麦国王暴死，弟弟克劳狄斯继承了王位，并匆匆与王后结婚。老国王的儿子、年轻的王子哈姆雷特对此事耿耿于怀。一天，老国王的鬼魂出现，将真相告诉他：原来奸诈的克劳狄斯为了夺取王位，用花言巧语迷惑了王后，一起设计将国王毒死。哈姆雷特发誓要为父报仇。他装疯迷惑敌人，并利用宫廷中演戏的机会让克劳狄斯原形毕露。哈姆雷特错手杀了老臣波洛涅斯，克劳狄斯借机将他送往英国，并预谋借英王之手将其杀害。哈姆雷特识破了他的奸计，回到丹麦。克劳狄斯又唆使波洛涅斯的儿子雷欧提斯与其决斗，并备下毒酒、毒剑欲置哈姆雷特于死地。然而，决斗时，两人意外都中了毒剑，王后误喝了毒酒，中毒的雷欧提斯揭发了克劳狄斯的奸计，仇恨的哈姆雷特将克劳狄斯杀死，自己也中毒身亡。

哈姆雷特这个人物形象的塑造是莎士比亚的一个伟大贡献，莎士比亚将哈姆雷特塑造成一个人文主义的理想形象，他是一个品质优良的知识分子英雄，然而他又有矛盾复杂的性格，他既是有特殊个性特征的，又是一个时代转型期的普遍代表，他是一个人们内心冲突的范例，因而对当今时代也不无启发意义。

《哈姆雷特》在艺术形式上最突出的特点是它结构上的开

放性。并不严格遵守三一律，而采用多线索的情节结构方式，场景也富于变化，例如在哈姆雷特与叔父斗争主线之外，还有挪威王子进兵波兰，有奥菲利亚一家与哈姆雷特的冲突，有海上谋杀，也有墓穴幽灵，形成了复杂的场景与线索，这给哈姆雷特的活动舞台提供了广阔复杂、运动多变的环境，也形成了情节丰富多彩的变化，因而象征意义也就更深厚丰富。不仅结构上创新，戏剧观上也反传统。这体现莎剧的现实主义摹仿和反映现实的观点。《哈》剧产生几百年来，在全世界长演不衰。哈姆雷特成了忧郁而行动不决的代名词，成为戏剧楷模。《哈》剧堪称世界戏剧史上最伟大的奇迹。

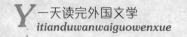
弥尔顿的《失乐园》

　　约翰·弥尔顿是 17 世纪英国最主要的诗人、思想家和政论家，是英国唯一著名的史诗诗人。他高举起人文主义的大旗，把人文主义精神贯穿到轰轰烈烈的资产阶级革命运动中去，恩格斯盛赞他是"第一个为弑君辩护的人"。他 1608 年 12 月出生于伦敦一个富裕的公证人家庭。弥尔顿自小就受到良好的教育，少年时代曾经就读于当时英国最严格的圣保罗学校。1625 年，他考入剑桥大学基督学院。完成学业后，他不愿与当时腐败的教会同流合污，拒绝去当牧师。此后的几年，他留在父亲的庄园里苦读，弥补在大学里没有学到的知识。英国资产阶级革命时期，他积极投身革命的洪流，以笔为武器，写出了大量的政论文，反击封建贵族和王党的进攻，为资产阶级革命摇旗呐喊。王朝复辟时代，他受到了残酷的迫害，处境艰难，双目失明，生活贫困，但他没有屈服，依旧坚信革命一定会成功。他在艰难的处境下写出了他一生中最杰出辉煌的两大史诗《失乐园》和《复乐园》，以及诗剧《力士参孙》。

《失乐园》写的是：撒旦原来是天庭赫赫有名的天使，因为无法忍受上帝的绝对权威，于是率领一大群天使反抗上帝。叛乱失败后，撒旦及其同伙全被神子打入地狱，他成了魔王。达到报复上帝的目的，撒旦决计要毁坏上帝创造的人类世界。

他决心引诱亚当和夏娃堕落以达到他向上帝报复的目的。他从亚当和夏娃的谈话中得知，智慧树是禁树，树上的果实是禁果。于是，他设计诱惑亚当和夏娃偷吃了禁果，上帝知道亚当和夏娃偷吃禁果后，派神子向他们宣布了惩罚：夏娃在分娩时将倍受痛苦，并且应当永远服从亚当；亚当必须为每日的食物而终生劳累，面朝黄土，汗流浃背；他们生于尘上，也终将归于尘上。上帝为了惩罚群魔，把他们全都变成了蛇，必须用肚子走路，终生吃土。上帝还在人世制造了四季以代替永恒的春天，制造了狂风暴雨、冰雹严寒、洪水地震，并让世间的动物互相侵扰吞食。上帝派天使迈克尔把亚当和夏娃逐出伊甸乐园，他们为自己的不幸痛苦流泪，甚至想到自杀。但迈克尔天使向他们预示了未来，一代一代的生死，一个一个帝国的兴亡；直到洪水泛滥，生物灭绝，只有诺亚方舟保留了人类的生命；从罪恶来到人世，到上帝之子基督出世、受刑和复活，作为人类的赎罪者而升天。亚当和夏娃看到，人类的未来虽然充满苦难、罪恶和流血，但人类终将得救，于是他们回头看了看已经失去的乐园，擦干眼泪，毅然地携手步出乐园，走向远方。

《失乐园》是弥尔顿最为成功的一部作品，它标志着诗人创作的高峰。在《圣经》中，撒旦是魔鬼，是与代表正统观念的上帝对立的，是恶的象征。但弥尔顿在塑造这个形象的时候，对此进行了大幅度的修正，在作品中，撒旦不再是一个模样丑陋、狰狞可怕的恶魔，而是一个气度卓群、傲然挺立、叱咤风云的英雄，具有非凡的气势和威力，充满了反叛上帝的战斗精神。斗争失败后，他没有怀疑自己的正义行动，从不后悔自己从天堂坠入地狱火海所经受的苦难，他毫不气馁，坚信自己的反抗精神永不消失，革命意志永不磨灭，他振臂一呼，率众继续未竟的事业，并在危急时刻挺身而出，勇挑重担，不辱使命。可以看出，弥尔顿把 17 世纪英国资产阶级革命的主流精神和他自身的革命热情及人格力量全都贯注到撒旦的身上，使他成为一个维护自由，敢于反抗上帝的英雄，一个百折不挠、威武不屈、有勇有谋的反对专制统治的时代战士。同时，弥尔顿也在撒旦这个形象中倾诉了自己对自由和民主的追求，寄托了自己矢忠革命事业的情怀和不屈的反抗意志。正因如此，别林斯基高度评价了《失乐园》这部作品，认为它是"时代的产物"，颂扬了"对权威的起义反抗"。

笛福的《鲁滨逊漂流记》

丹尼尔·笛福是英国 17—18 世纪的伟大现实主义作家。他出生在一个小商人家庭之中，他近 30 岁的时候，已经成了一个相当体面的商人。但是他在 1692 年遭遇破产。后来他得到英王威廉的赏识，开办了一个砖瓦厂，获利颇丰。他在从事商业活动的同时积极从事政治活动。1702 年 12 月他出版了一本小册子讽刺政府对非国教的其他教徒的限制与压迫，结果于 1703 年 5 月被捕入狱，并被枷刑示众。后来经朋友活动才得以出狱，但经济上再次破产。以后他主要从事新闻报刊工作，他曾经主办过《评论报》，在此期间他撰写了大量针砭时弊的论文，他也因此几次入狱。

在文学上，笛福堪称大器晚成，他后来传世的几部长篇小说都是在他晚年写成的。他在 59 岁上才写出了使他名垂青史的《鲁滨逊漂流记》，以后又写出了许多其他小说，其中较为著名的有《辛格顿船长》、《摩尔·弗兰德斯》、《杰克上校》等。笛福晚年生活十分贫困，他临死前为了躲债不得不离家出走，1731年，他客死异乡。

056

《鲁滨逊漂流记》是笛福根据当时一位苏格兰水手的近乎传奇的经历写成的。这位水手的名字叫亚历山大·塞尔柯克。笛福在塞尔柯克经历的基础上，充分发挥自己的想象力和艺术创造力，同时抒发自己的政治见解，形成了一部内容丰富极具感染力的文学作品。在作品中，主人公鲁滨逊不只是一个被动求生的水手，他还是一个有着勃勃雄心的商人和殖民者。笛福着力讴歌了陷于困境中不屈的人的伟大创造力，歌颂了一个无依无靠赤手空拳然而具有勃勃雄心的人所能创造出的奇迹。笛福正是通过鲁滨逊这样一个艺术形象抒发自己在政治和经济上的抱负，同时为当时在同封建势力角斗中正在崛起的新生资产阶级的开拓精神提供了一个生动画像。

《鲁滨逊漂流记》的主题来自17—18世纪资本主义实现原始积累向海外扩张的现实生活，笛福的文字也朴实无华。对于他的这种文风，许多当时的文人颇不以为然，以为他缺乏文采。比如著名作家斯威夫特就称他为"愚蠢，没文化"。浪漫主义与现实主义，对不同的艺术风格人们可以见仁见智，各执己见。然而，一代代的读者会如大浪淘沙，把那些真正有价值的珍宝保留下来。在20世纪90年代它仍然被千千万万读者热心阅读的事实足以说明它固有的魅力。

在这部作品中，笛福热情歌颂了人对自然的顽强斗争。尽管几个世纪的时间过去了，但是人类认识和改造自然的斗争远远没有完结，只要这种斗争没有完结，人类就永远需要在这种斗争中的百折不挠的精神，就总要从前人的斗争中吸取精神力量，正是因为这样，《鲁滨逊漂流记》才会历两百年而不衰，至今仍然具有振奋和鼓舞人的斗志的巨大力量。

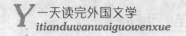

拜伦的《恰尔德·哈罗尔德游记》

058

　　乔治·戈登·拜伦是 19 世纪初英国最伟大的浪漫主义诗人，他的诗作震撼了当时的整个欧洲，并深刻地影响了欧洲诗歌的发展，歌德曾赞美他是"19 世纪最伟大的天才"，普希金则称颂他为"思想界的君王"。拜伦 1788 年 1 月 22 日出生于英国伦敦一个破落贵族家庭。由于父亲的遗弃，他在童年时代和母亲过着艰难拮据的生活。10 岁时他继承家族爵位，成为第六世勋爵。青年时，他积极参加政治活动，反对把勒德党人处以死刑的立法，同情在英国压迫之下的爱尔兰人民的悲惨命运，引起统治阶级的不满。他于 1816 年离开祖国。定居意大利期间，他参加了秘密革命团体烧炭党人的活动。1823 年，他去希腊参加希腊人民反对土耳其统治者的民族解放斗争，1824 年 4 月 19 日，因劳累和热病去世。拜伦一生崇尚自由、反抗暴政、郁愤孤傲、疾恶如仇。他的重要作品有：《恰尔德·哈罗尔德游记》、《东方叙事诗》、《锡隆的囚徒》、《曼弗雷德》、《该隐》、《审判的幻景》、《青铜时代》、《唐璜》等。

《恰尔德·哈罗尔德游记》是一部叙事长诗，它的副标题是《一个浪漫的故事》，全诗共分四章，写英国贵族青年恰尔德·哈罗尔德在欧洲各地游历时的所见所感。

《恰尔德·哈罗尔德游记》是拜伦的代表作之一，它不仅反映了19世纪初英国社会生活的面貌，也反映了当时南欧一些国家的民族生活。憎恨反动统治、反对侵略、渴望自由、歌颂民族解放斗争，构成了长诗的主导思想。这部诗作一发表，便以其勇敢的揭露、战斗的号召在全世界赢得了巨大的荣誉，拜伦说："早晨我一觉醒来，发现自己已经成名，成了诗坛上的拿破仑。"恰尔德·哈罗尔德是英国贵族阶级的叛逆者，他对资本主义社会现实十分不满，孤独、忧郁地浪迹天涯。随着诗情的发展，失望的旅人形象逐渐从诗页中消失，代替他出现在读者面前的是另一个抒情主人公，也就是诗人自己，叙述他的观察和异国见闻所引起的感情。抒情主人公是一个感情炽烈、精力充沛的旅行家，他在旅途中对面临的一切问题都作出了积极的评论。《游记》在艺术上通过并行的内外双重结构线索：主人公的历程，只在诗篇的外表上起到联系情节的作用，而抒情主人公对各国人民的斗争和当代重大事件的政治抒情则构成了长诗的内部结构线索。诗人奔放的感情和自由的思想，随着旅途的进程，海阔天空地任意飞翔，构成长诗巨大的思想和艺术容量。

萨克雷的《名利场》

　　萨克雷是 19 世纪英国批判现实主义小说家。1811 年 7 月 18 日出生于印度加尔各答。婚后四年，妻子精神失常。他不得不但负起照料妻子的责任。生活逼得他一部接一部地写书以维持家庭用度。《名利场》是萨克雷第一本署上真实姓名的作品，它的问世，使作者跻身于天才小说家之列。萨克雷提倡真实的创作方法，为了讽刺风行的几部小说的做作，他写了《名作家的小说》。1848—1850 年，他模仿菲尔丁的《弃婴汤姆·琼斯的故事》创作了《彭登尼斯》，作者将自身的某些经历投射在主人公身上。一些批评家认为这是一部缺乏形式的、漫步式的作品。有鉴于此，萨克雷在历史小说《亨利·埃斯蒙德》中着意于严谨的情节结构。《弗吉尼亚人》是其续篇。1853—1855 年，萨克雷创作了《纽克姆一家》，塑造了纽克姆上校和

埃塞尔小姐两个美好的人物，并揭露了生活中的丑恶现象。婚姻的不幸使萨克雷企图在旅行中寻找精神安慰，他在美国发表的演说后来收在《18世纪英国幽默作家》和《四位乔治王》里。他还参加过下院议员的竞选，但没有成功。1859年他担任了《康希尔杂志》的第一任主编。1863年圣诞之夜在伦敦死于心脏病，其半身纪念像被敬奉在威斯敏斯特教堂。

《名利场》被公认为是萨克雷的代表作。17世纪英国作家班扬在寓言小说《天路历程》上描写了一个叫"名利场"的地方，萨克雷以此作为本书的书名。刊行第一版时，作者给它加的副题是"英国社会的钢笔和铅笔素描画"，后来副题改为"没有英雄的小说"（又译为"没有主人公的小说"）。

小说的背景是19世纪20年代摄政时期，主要描写了两个女人爱米丽亚·赛特笠和蓓基·夏泼的不同性格和相互交织的命运。爱米丽亚出身于富有家庭，教养良好、性情温顺、与世无争。爱米丽亚的一生不是侍候丈夫，便是抚养孩子，而惟独没有自我的立足之地。她在对丈夫、孩子的期待与奉献中消耗了青春，消耗了生命。最后，出于对传统美德、传统规范的褒奖，作者让爱米丽亚再度获得幸福，与深爱她的都宾上校结婚。与爱米丽亚的性格形成对照，对于传统的道德规范、女性规范，蓓基悄悄然而大胆地僭越了。她"从8岁起就是成年妇人了"，并且天生就具有叛逆性格，作为一个穷画师的女儿，她深知自己出身低微，要想进入上流社会，必须依靠自己。而攀上一门好亲事，则是女人改变社会地位的捷径。于是，蓓基费尽心机地去迎合可以作为候选人的男人，终与罗登·克劳莱结婚。即使如此，她也并未像其他知足的女人那样，陶醉在成家的快乐中。她的雄心勃勃、善于算计、勇于叛逆、自主性强，使她既成为一个不择手段的女冒险家，又成为早期女权主义者形象之一。萨克雷有意以非传统的方式塑造角色，蓓基这个形象"是萨克雷创造的最令人难忘的人物。"

　　萨克雷在 1848 年的一封信中表达了他的创作意图："……我的目的是……用轻松的口气指出，我们中的绝大多数人是极端愚蠢和自私的……人人追求无价值的东西……我们大家本应该理解发生在我们自己和所有其他人身上的故事。"强烈的道德感、敏锐的捕捉力以及出色的艺术才华，使作家出色地完成了这一任务。这部作品的地位是毋庸置疑的，"19 世纪早期的这幅大全景中丰富的变化和色彩，使《名利场》成为萨克雷最伟大的成就；叙事的技巧、细致的人物创造，还有描述的功力，使它成为那个时期最杰出的小说之一。"20 世纪甚至有评论者这样赞赏："他这部杰作没有一处败笔。"

狄更斯的《艰难时世》

查理斯·狄更斯是英国批判现实主义文学的创始人和主要的代表，是英国最伟大的作家之一。他出生于贫苦的小资产阶级家庭。父亲是英国海军部门的一个小职员，由于债务缠身，在狄更斯10岁的时候被关进了负债人监狱。父亲入狱后，狄更斯被送到鞋油作坊去当学徒，他每逢星期天都要到监狱里去看望父亲，监狱里那些阴森可怕的景象给他留下了终生难忘的印象，对他的创作产生了重要的影响。三个月后，他父亲得到一笔数目不大的遗产，还债出狱。狄更斯上了两年学，15岁时被送进一家律师事务所当见习生，亲眼目睹了无休无止的诉讼中所包含的种种悲剧，为他未来的创作提供了丰富的素材。1831年，狄更斯投身报界，对社会有了更加深入的了解，不久成为出色的新闻记者，并且开始进行文学创作。1837年，狄更斯发表小说《匹克威克外传》，一举成名。

狄更斯是一个多产的作家，在 30 多年的创作中，他写下了 14 部长篇小说和许多中篇小说，他的作品广泛而生动地反映了 19 世纪英国的资本主义社会，描绘了维多利亚时期的精神面貌。他的主要作品有：《匹克威克外传》、《雾都孤儿》、《老古玩店》、《马丁·朱述尔维特》、《董贝父子》、《大卫·科波菲尔》、《荒凉山庄》、《艰难时世》、《小杜丽》、《双城记》、《远大前程》等。

《艰难时世》是狄更斯的重要作品。小说以虚构的焦煤镇这样一个工业中心作为背景。小说的主要线索是围绕葛雷梗这个资产阶级的代表人物展开的。

《艰难时世》这部小说主要批判的是 19 世纪在英国盛行的功利主义哲学和曼彻斯特政治经济学。功利主义哲学家肯定人类行为的根本动力是利己主义，他们认为评价一切的标准是功利，曼彻斯特政治经济学的理论基础则是功利主义哲学和马尔萨斯的人口论。这派理论家鼓吹自由竞争和自由贸易，为资产阶级的剥削进行辩护。葛雷梗和庞德贝这两个资产者形象就是功利主义哲学和曼彻斯特经济学的具体体现。葛雷梗自己承认，他是一个"专讲实际的人"。他为人处世的基本准则就是"事实"，因此，他口袋里总是装着尺子、天平等，随时准备对任何事物量一量，称一称。在他看来，万事万物，归根结底是一个数字问题，一个简单问题。他还运用这些"事实"原则来教育子女和镇上的孩子，只让孩子们在事实的范围内活动，结果是葬送了孩子们的青春和幸福。庞德贝则极力鼓吹自由竞争，他相信，社会是由自私自利的人构成的，因此应该让每个人自由地去追求自身的利益。他常常夸耀自己白手起家的奋斗史。胡说自己生在阴沟里，一生下来就被母亲抛弃，受尽虐待，历经苦难，而后才成为焦煤镇显赫的大亨。在"自由竞争"的幌子下，贪婪、残酷地剥削工人，根本不顾工人的死活。可以说，葛雷梗和庞德贝两人是互为表面，狼狈为奸。他们互有分工，一个是在家庭生活、学校乃至议会中强行建立所谓的"事实"统治；另一个则是掌握着劳动者赖以为生的生产手段。他们互相策应，共同统治着焦煤镇。

当时，由于维多利亚时代表面的繁荣，有些作家为虚假的景象蒙住了眼睛。狄更斯没有被迷惑，他能够透过表象，看到问题。所以，小说本着现实主义的原则真实地反映了资产阶级社会里工人的非人境遇以及工人的斗争，这是非常难能可贵的。但是，应该指出的是，由于时代和个人的局限，狄更斯能够比较好地反映个别工人的命运，却很难准确完整地把握整个工人阶级的命运，显得难以驾驭工人运动的题材。

夏洛蒂·勃朗特的《简·爱》

夏洛蒂，勃朗特是19世纪英国文坛上著名的勃朗特三姐妹中的老大，她和两个妹妹艾米莉·勃朗特、安妮·勃朗特一起成为英国文学史上的不朽人物。

夏洛蒂·勃朗特生于英国北部山区约克郡一个贫穷牧师的家庭，母亲早逝，家里留下了姐妹五人和一个弟弟，夏洛蒂在姐妹中排行第三。她8岁时和两个姐姐及一个妹妹一起被送进具有慈善机构性质的寄宿学校，那里恶劣的生活条件摧残了孩子们的健康，她的两个姐姐在1825年流行的结核病中被夺去生命，夏洛蒂和妹妹艾米莉虽然幸免于难，但也染上此病，最终使她们的寿命没有超过中年。

勃朗特家的孩子们从很小的时候起，就热爱读书和写作。他们写下了许多诗歌和童话、故事，这为他们成年的写作打下了基础。夏洛蒂后来又就读于罗赫德的一所寄宿学校，并于1835—1838年担任这所学校的教师。1839年和1841年，她曾两次担任富人家孩子的家庭教师，但是她耿介的性格使她不久就辞去了这种工作。后来她和妹妹艾米莉一起创办一所学校，但是没有成功。这使她最终下决心以笔耕为生。她根据自己的经历写成并出版的第一部长篇小说《雪尔莉》反应平平。但是她毫不气馁，继续努力写作，她的第二部长篇小说《简·爱》一问世就引起轰动，博得广泛赞誉，后来成为英国文学中的经典作品。夏洛蒂·勃朗特的其他长篇小说还有《维耶特》和《教师》。夏洛蒂·勃朗特一直生活贫穷，疾病缠身，直到38岁才结婚，但是婚后一年便在1855年因病去世，时年39岁。

《简·爱》是夏洛蒂·勃朗特的代表作，她在英国文学史上的不朽地位就是由这部作品奠定的。《简·爱》故事发生在19世纪初的英国。这部作品以第一人称的口气描写了一个父母双亡的孤女简·爱如何从小受人侮辱欺凌，但是她始终保持着倔强自尊的性格，终于成长为一个年轻的女教师，并且历经磨难，终于和自己心爱的人结成幸福和婚姻的故事。在简·爱身上实际上就闪动着作者自己的影子。正如一位评论家所说《简·爱》的积极意义在于它"创造出了英国文学中第一个对爱情、生活、社会以至宗教都采取独立自主、积极进取态度的女性形象"。在作品中，简·爱不是像以往文学作品中那些理想的女主人公那样只是命运和男子爱情的被动接受者，而是一个命运的挑战者。作为一个生活在社会下层的女人，她却能够凭着自己智力上的优势藐视那些腐败骄奢的贵族，能够在宗教气氛无比浓重的 19 世纪上半叶让人性的力量战胜对于上帝的畏惧和崇拜，追求自己的幸福，并且对牧师的虚伪给予蔑视和揭露，给予人性的正当要求以热烈的辩护。《简·爱》从艺术手法上讲，应当说其基调是现实主义的，它反映了真实可信的生活，它来源于夏·勃朗特自己的生活，但同时它又采用了许多梦境、幻觉、象征、隐喻的浪漫主义手法，而且行文流畅、自然、真实、简洁，作者在写作时充满了激情，抒发出自己对人生的许多感慨，这也是这部小说在一百多年以后仍能打动无数读者的原因之一。

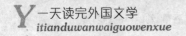
艾米莉·勃朗特的《呼啸山庄》

070

  艾米莉·勃朗特是勃朗特牧师的第五个孩子，与夏洛蒂·勃朗特和安妮·勃朗特并称勃朗特三姐妹，均为英国杰出的小说家。艾米莉的小说《呼啸山庄》，安妮的《艾格妮丝·格雷》以及夏洛蒂的《简·爱》给三姐妹带来极大声誉。在全家为三姐妹的成功欢欣鼓舞之际，勃朗特家唯一的儿子勃兰威尔却由于酗酒而过早离世。艾米莉的身体一向不好，弟弟去世给她的精神以毁灭性的打击。她在勃兰威尔墓畔着凉后执意不肯就医，几个月后就去世了，年仅30岁。安妮在第二年也离开人世。

  《呼啸山庄》是艾米莉的唯一一部小说，同时也是英国小说史上最伟大的著作之一。小说发生在1801年，画眉田庄的新房客洛克乌德先生去呼啸山庄拜访房东希刺克厉夫先生，后者态度粗暴恶劣，形象也酷似印第安人，即便如此，希刺克厉夫身上和呼啸山庄本身所具有的某种神秘的东西还是深深吸引了洛克乌德，并促成了他的第二次拜访。这次他不仅见到了希剌克厉夫，还见到他的儿媳凯瑟琳和一位相貌邋遢的男子哈里顿。由于大雪，洛克乌德不得不留下过夜。他被安排进一间久无人居住的卧室，在屋里发现了 25 年前一位叫凯瑟琳·恩萧的女郎的日记。当夜，洛克乌德做了一个恶梦，听到一个声音呜咽地请求说，她已在沼泽里迷路了 20 年，请放他进去。

洛克乌德的惊叫引来了希剌克厉夫，他对着窗子，悲哀地呼叫一个名叫"凯瑟琳"的女人的名字。

满腹怀疑的洛克乌德回到画眉田庄后，请女管家耐莉讲述呼啸山庄的故事。原来，希剌克厉夫是个弃儿，幼时被呼啸山庄的主人恩萧先生收养。恩萧先生的女儿凯瑟琳性情热烈、暴躁，很快就迷上了希剌克厉夫，而儿子辛德雷却视他为眼中钉。恩萧先生死后，已成家了的辛德雷把希剌克厉夫贬为仆人，百般侮辱。

凯瑟琳虽然在心里热烈地爱着希剌克厉夫，但又不愿自贬身份嫁给仆人。这时，画眉田庄的埃德加·林淳向凯瑟琳求婚，在得到可以继续与希剌克厉夫来往的保证后，凯瑟琳答应了这门婚事。在一个风雪交加的日子，希剌克厉夫离家出走。凯瑟琳回到呼啸山庄后等了三年，没有希剌克厉夫的消息，她终于和埃德加·林淳结婚，搬到画眉田庄。

一天，衣冠楚楚的希剌克厉夫突然来访，宣称自己是呼啸山庄的房客。原来，希刺克厉夫发了财后回到呼啸山庄。他仍深爱着凯瑟琳，但仇恨也让他开始了对辛德雷和林淳家的报复……

凯瑟琳和希刺克厉夫的爱情在当时的社会是注定要被扼杀的。多年来所受的教育使凯瑟琳成为自己的阶级和教养的囚徒，使她在选择爱情时不能不考虑社会和经济关系，进退两难，痛苦不堪。她甚至还试图同时拥有这两个人，既嫁给林淳，又有希刺克厉夫做朋友，但这种想法显然是不切实际的，只能以失败告终。

希刺克厉夫也处在困境之中，除了复仇，别无他路。但他的复仇在践踏了无辜者埃德加的妹妹伊莎贝拉的感情的同时也践踏了他和凯瑟琳的爱情。只是到最后，在希刺克厉夫从凯瑟琳的女儿小凯瑟琳和辛德雷的儿子哈里顿的反抗中看到了当年自己和凯瑟琳的影子时，他才表现出了人的正直。最后，通过死亡，凯瑟琳和希刺克厉夫才越过人世间无法调和的鸿沟，永远地走到了一起。

《呼啸山庄》这本小说可称作是世界上不可多得的悲剧小说之一。除了激动人心的情节外，小说中所表现出的原始的激情、粗犷的风景、超自然的插曲以及拜伦般"邪恶"的主人公都深深吸引了读者。此外，在处理时间顺序和叙述角度上，艾米莉·勃朗特也独树一帜，打破了常规。

哈代的《德伯家的苔丝》

　　托马斯·哈代是英国 19 世纪末期批判现实主义的代表作家。1840 年他出生于英国南部多塞特郡。哈代学过建筑，但他对建筑并不感兴趣，而是钟情于文学创作。在伦敦接受完教育之后，哈代就回到故乡，安心写作。

　　哈代在伦敦求学时就开始了他的文学生涯，他初期的尝试并不成功，并未得到公众的认可和支持，哈代不得不暂时迎合资产阶级读者的趣味，但他始终坚持现实主义精神。哈代自己把他的作品分为三类：第一类他称之为"罗曼史和幻想"；第二类他称之为"爱情阴谋故事"；第三类他称之为"性格和环境小说"，这类作品以英国南部的农村地区威塞克斯为背景，代表了哈代现实主义的最高成就。主要包括《绿荫下》、《远离尘嚣》、《还乡》、《卡斯特桥市长》、《德伯家的苔丝》、

《无名的裘德》。晚年的哈代迫于压力，放弃了小说创作，转而写诗。

长篇小说《德伯家的苔丝》描写的是一个美丽、善良的农村少女的悲惨遭遇。小说的主人公苔丝是一个"端正秀丽的像一幅画儿的乡下姑娘"。苔丝的父亲是一个贫苦的小贩，虽然终日奔波劳累，可还是无法保证自己七个孩子的衣食温饱。为了摆脱困境，17岁的苔丝姑娘遵从父母之命，前往附近一个有钱人家去认本家。据说这家有钱人家与苔丝家都是古代武士世家的后裔。其实，这个德伯家是冒名顶替的。

074

德伯家的独生子亚雷是个典型的纨绔子弟。苔丝到德伯家后，亚雷就心怀不轨。三个月后，苔丝惨遭蹂躏。纯朴的苔丝姑娘对亚雷十分鄙视和厌恶，不愿和他结婚。于是，苔丝离开了亚雷家，回到自己的家中，生下一个私生子。从此，苔丝陷入了痛苦的深渊。社会不仅不谴责亚雷，反而认为苔丝犯了罪过，苔丝忍受着巨大的精神压力，在郁郁寡欢和孤独无助中生活了两三年。后来，苔丝的孩子不幸夭折，为了改变环境，苔丝到一家牛奶厂当了一名挤奶工。在那里，苔丝结识了一个牧师的儿子——安玑·克莱。在共同的劳动和生活中，他们相爱了。新婚之夜，克莱先向苔丝坦白了自己在伦敦时曾经跟一个女人放荡地生活过两天，善良的苔丝立刻原谅了他。为了忠实于丈夫，纯洁的苔丝也将自己过去的悲惨经历毫不保留地向克莱吐露出来，并且跪在他的脚下，请求他的宽恕。但是，克莱不但不同情苔丝的不幸遭遇，反而谴责苔丝不道德，一怒之下，克莱冷酷无情地抛弃了苔丝，独自一人远涉重洋到巴西去了。

被遗弃后的苔丝得到的不是同情，而是坏女人的名声，遭受到了更加沉重的打击和困苦，她默默地承受着人们的歧视和冷酷的社会环境的逼迫。为了逃避社会的责难，等待克莱的归来，苔丝只得到处给人打短工，干着繁重的体力劳动。后来，苔丝与亚雷再度重逢，为了重新占有苔丝，亚雷以物质帮助为利诱，要求苔丝同他结婚。无奈的苔丝给克莱写了一封长信，恳请克莱回来保护自己。

但信件被克莱的父母耽误了，等到克莱回来时，苔丝的生活已经发生了巨大的变化。

由于苔丝的父亲去世，家庭经济困难。为了家庭，为了母亲和弟弟妹妹，苔丝看到自己唯一的出路是接受亚雷的保护，只得满怀屈辱地和亚雷同居。

克莱回来之后，苔丝感到自己和亚雷的结合是一个天大的错误，感到无比的绝望，她痛恨亚雷毁了她一生的幸福，为了和自己心爱的克莱生活在一起，为了得到幸福，苔丝亲手杀死了可恨的亚雷。亚雷被杀之后，克莱带着苔丝企图逃往国外。几天后的一个黎明，在荒原上，苔丝以杀人犯的罪名被捕，最后被处于死刑。苔丝死后，克莱遵照苔丝的嘱咐，带着苔丝的妹妹开始了新的生活。

《德伯家的苔丝》重点刻画的是苔丝的形象。按照维多利亚时代的道德和法律观点来看，苔丝应该是个罪人：犯有奸淫罪和谋杀罪。小说出版之后，英国评论界对这部小说进行了猛烈地抨击，认为小说宣扬了"不忠"、"不贞"和"淫秽"。但在哈代的心目中，苔丝是纯洁无罪的，是"一个纯洁的女人"。她的身上具有勤劳、勇敢、坚强、朴实等劳动妇女的美好品质，能够承受沉重的家庭负担、繁重的体力劳动、贫困的生活。按理她应该获得幸福，但她却连遭不幸，直至走上刑台。她整个的一生都是强迫和暴力的牺牲品，最后由社会剥夺了她的生命。如果说亚雷是从肉体上蹂躏苔丝，结束了她生存的快乐，克莱则是在精神上给予苔丝毁灭性的打击，使她丧失了赖于生存的精神支柱。正是为资产阶级服务的法律和资产阶级极力维护的虚伪道德残害了一个纯洁的女人。其实，苔丝是纯洁无辜的。她只是资产阶级社会的受害者，她饱受资产阶级社会的欺凌、折磨，最后被毁灭，她的死无疑是对资产阶级社会的有力控拆。

但丁的《神曲》

　　但丁·阿里盖利是意大利文艺复兴时期的伟大诗人。他于1265年5月诞生在佛罗伦萨市一个破落的小贵族家庭，其父当过法庭文书。但丁自幼丧父，稍长丧母，少年时代生活艰难，从小发愤读书。他曾师从著名学者布鲁奈托·拉丁尼，通晓拉丁文、诗学、逻辑学和修辞学，广泛涉猎伦理、哲学、神学、历史、天文、地理、音乐、绘画，掌握了古代和中世纪文化领域里的广博知识，为他后来的创作打下坚实的基础。

　　但丁的第一部诗集《新生》是自传性的诗体小说，记叙诗人的初恋经历。作品用散文诗叙述故事情节，并把31首抒情诗串联起来。但丁在9岁时初遇同龄的贝雅特丽齐，一见钟情，9年后与之邂逅街头，更加倾慕不已，开始写诗抒发思念之情。贝雅特丽齐21岁时嫁给一位银行家，25岁因病夭亡，诗人写《新生》以示悼念。他在书中发誓要写一部传世之作，这就是后来的《神曲》。贝雅特丽齐在《神曲》中是引导但丁进入天堂的导师。但丁对贝雅特丽齐的精神恋爱是他的重要生活经验之一。诗人对初恋的执着和由此产生的神奇的创作动力，是文学史上的佳话。但丁在青年时代曾经参与政治并成为政治舞台上叱咤风云的中心人物。但丁由于维护佛罗伦萨城市共和国的独立自主，反对教皇干涉内政而横遭教会反动势力的迫害，1302 年，他被诬陷犯了贪污公款和反教皇的大罪，被抄没家产和判处终身流放。但丁坚持理想，忠贞不屈，拒绝统治者提出的交纳罚款、宣誓忏悔以求赦免的妥协办法，在外流浪 20 年，至死没有重返故乡。1321 年，诗人客死他乡。

但丁在流放期间看到意大利和整个欧洲处于纷争混乱的状态，力求探索祸乱的根源和拨乱反正的途径，决心创作一部伟大的史诗来揭露现实，唤醒人心，指出意大利政治上、道德上复兴的道路。这就是但丁写《神曲》的目的。他大约于 1307 年开始写，逝世前不久才完成。

《神曲》原名《喜剧》，但并没有戏剧的涵义。在中世纪，人们把叙事体的文学作品，按题材内容和语言风格分为悲剧或喜剧。这部作品是用平易朴素的意大利俗语叙述一个结局圆满的故事，因而诗人称它为"喜剧"。文艺复兴时代的另一文学巨匠薄伽丘对这部史诗推崇备至，褒奖为"神圣的"《喜剧》，得到普遍的赞同，《神圣的喜剧》便成了书名，中译本通称

《神曲》。《神曲》包括《地狱》、《炼狱》、《天堂》三部曲，每部有 33 首歌，加上全书序曲，共计 100 首歌，长达 14232 行。它是一部结构严谨、布局匀称的长篇史诗。它以中古梦幻文学的形式，由但丁自述在森林中迷路后，得到古罗马诗人维吉尔的搭救，并在他的引导下，游历地狱和炼狱，接着又由已故恋人贝雅特丽齐引导游历天堂的奇遇。故事情节充满寓意。维吉尔象征理性和哲学，但丁在他的引导下穿越地狱和炼狱，象征着人类在哲学的指导下，凭借理性认识罪恶和错误，从而悔过自新的过程。贝雅特丽齐象征信仰和神学，她做向导，带领但丁进入天堂，到达上帝的面前，象征人类通过信仰的途径、神学的启发，认识最高真理和达到至善的过程。中心思想是说明在新旧交替的时代，个人和人类怎样从迷惘和错误中经过苦难和考验达到理想境界。

在幻游三界的旅途中，诗人向我们介绍了许多历史上著名的人物，展示了中世纪欧洲社会风情，描绘了当时意大利处于新旧交替时期的独特面貌。从中可以获得丰富的社会历史知识。

《神曲》是一部具有强烈政治倾向的作品，但丁通过它广泛深刻地揭露了封建社会的黑暗，对反动教会的无情批判尤为突出；同时还提出了改革社会的主张和阐述了人文主义的新思想。《神曲》在艺术上绚烂多姿，独树一帜，是一部现实主义和浪漫主义相结合的典范作品。它把诗人的内心生活经验、宗

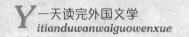

教热情、爱国思想、政治理想汇集在一起，将历史、文化、政治上的重大问题贯穿在一起，使历史的和现实的、古典的和基督教的诸种因素融为一个和谐的整体。这种高度的概括和综合是作品艺术上最主要的成就。《神曲》中的许多诗句成为人们经常引用的格言，如"人不能像走兽一般活着，应当追求美德和知识"。

《神曲》已被译成许多种文字，成为全世界人民共同的精神财富。

薄伽丘的《十日谈》

　　乔万尼·薄伽丘是意大利文艺复兴的先驱作家。他于1313年出生在巴黎，其父是佛罗伦萨富商，母亲是法国人。他幼年丧母，随父亲回到原籍。富裕的家境，为他提供了良好的教育条件，启蒙老师是著名学者乔万尼·达·斯特拉德。在老师的影响下，薄伽丘从小喜欢读书，立志做一个大诗人。可是父亲希望他继承家业，14岁时就把他送到那波里学习经商，6年后又让他学习法律，因为这也是发财致富的行业。薄伽丘对经商学法都不感兴趣，大量购买古书，熟读古罗马著名诗人维吉尔、奥维德和西塞罗等人的作品，还学会了希腊语。那波里国王罗伯特是一位开明君主，在宫廷里延揽大批文人学士。薄伽丘出入宫廷，结交一些人文主义者，其中彼特拉克成为他的良师益友。1340年薄伽丘回到佛罗伦萨。他积极参加共和政权建设，反对封建专制，曾从事财政管理和外交事务。青壮年时代薄伽丘致力于文学创作，勤奋高产。除《十日谈》之外，主要其他作品有：长篇小说《菲洛柯洛》、牧歌《亚美托》、书信体小说《菲亚美达》、长篇叙事诗《菲索拉诺的女神》，还有长诗《苔塞伊达》、《菲洛特拉托》等。这些不同体裁的作品均以爱情为主题，其中诗歌较为逊色，而小说独树一帜。他的《菲洛柯洛》是欧洲第一部长篇小说，《菲亚美达》是欧洲最早的心理小说。薄伽丘晚年转向学术研究工作。他研究古希腊文学，撰写了15卷巨著《诸神的谱系》，将荷马史诗译成拉丁文。他为但丁的《神曲》作详细注释，在佛罗伦萨大学开设《神曲》专题讲座，并著有《但丁传》。1375年薄伽丘病逝于离佛罗伦萨不远的小镇契塔尔多。

082

《十日谈》是薄伽丘最优秀的作品。这部短篇小说集从酝酿到成书，耗费了作家10年心血，于1353年完成。作品的开头是一段"序曲"式的故事：1348年在佛罗伦萨城里发生一场鼠疫，7名少女和3名少男一起到乡村别墅避难，以讲故事作消遣。他们规定每人每天讲一个故事，10天之内总共讲了100个故事，故名《十日谈》，这些故事是作家根据历史事件、中世纪轶闻趣事、东方民间传说（《一千零一夜》、《七哲人书》）、法国寓言、宫廷传闻和街谈巷议改编而成的，非常生动幽默，令人读来哑然失笑。

这是一部以反对封建主义、宣扬资产阶级人文主义为目的的著作，因此它首先将矛头指向封建势力的集中代表——教会。

薄伽丘在反对宗教桎梏的同时，还正面提倡"人性"和"人道"。薄伽丘将人性突出地体现在爱情上。他认为纯洁的恋爱是至性至情的流露，是人生中的积极因素，幸福的源泉，与天主教将性爱看成邪恶肉欲的观点唱反调。他热烈赞颂青年男女冲破封建等级观念，不畏权势、蔑视金钱地位、争取恋爱自由权的斗争。他讥讽由利害关系缔结成的婚姻。

《十日谈》中也存在一些糟粕，有些故事内容是消极的、不健康的。在批判禁欲主义的同时，宣扬了放纵情欲，有些描写低级庸俗。

《十日谈》是欧洲文学史上第一部现实主义文学巨著。它塑造了从国王到农民，从僧侣到骑士，社会全体人物的群像，展现了文艺复兴初期的意大利社会全貌，宣传了早期的人文主义思想，树立起反封建、反教会的旗帜。它的结构完美、语言新鲜生动活泼，叙事写人状物微妙尽致，开创了短篇小说这一艺术形式。无论在思想内容上，还是在艺术方法上，都堪称一部杰作，是通俗文学的经典之作。它一直被人们与《神曲》并列，称之为《人曲》。《十日谈》被译成西欧各国文字之后，对 16、17 世纪西欧现实主义文学的发展产生很大影响，在欧洲文学史上占有重要地位。薄伽丘死后因这部作品遭到被教会掘墓毁碑的侮辱。但这一切丝毫无损巨著的辉煌，反而更证明了它的反封建和反教会的威力。

歌德的《浮士德》

    歌德，德国诗人。1749 年 8 月 28 日生于美因河畔的法兰克福。他的父亲是法学博士，得到皇家参议的头衔，母亲是市议会会长的女儿。1765 年他去莱比锡大学攻读法律，1768 年因病辍学。1770 年进斯特拉斯堡大学继续攻读，次年获法学博士学位。他在 1773 年写了一部戏剧《铁手骑士葛兹·封·伯里欣根》，蜚声德国文坛。1774 年发表了《少年维特之烦恼》，更使他声名大噪。1775 年他应邀到魏玛，开始从政。此后直到 1794 年这段时间，他先后完成了戏剧《哀格蒙特》、《托夸多·塔索》，并着手写第一部《浮士德》。

    1794 年歌德开始与席勒合作，他俩以各自的创作，把德国文学推向历史上一个前所未有的新高度。歌德先后创作了小说《威廉·迈斯特的学习年代》、叙事诗《赫尔曼与窦绿苔》，重新写《浮士德》第一部。

席勒在 1805 年的逝世，标志着从 1786 年开始的德国古典文学时代的结束。在此后的近 30 年中，是歌德创作上的鼎盛时期。他完成了小说《亲和力》，诗集《西东合集》，《威廉·迈斯特的漫游年代》，自传性著作《诗与真》，《意大利游记》以及耗尽他毕生心血的巨著《浮士德》第二部。

1832 年 3 月 22 日，歌德在魏玛逝世。

《浮士德）分两部。第一部从"天上序幕"开始，上帝和魔鬼靡菲斯特（一译靡非斯陀）争论人的善恶。魔鬼认为人是情欲的奴隶，只能困惑终生，永远受苦；但上帝坚信人无论陷入怎样的迷误，犯有怎样的过失，最终能走上正路。于是双方以下界正处于彷徨和绝望中的浮士德博士打赌。魔鬼要把他引入邪路，上帝相信"一个善人，在他摸索中不会迷途"。

魔鬼靡菲斯特与浮士德订立契约：为浮士德服务，满足他提出的任何要求；浮士德一旦感到满足，那生命便结束，灵魂为靡菲斯特所有。就这样浮士德在魔鬼的陪伴下，走出了与世隔绝的书斋，决心去体验世间的痛苦和欢乐……

《浮士德》是歌德根据流传于民间的有关浮士德的故事而写成的一部诗体悲剧。浮士德历史上实有其人，1480 年生于威腾堡附近，他到处流浪，占卜、巫术、炼金、观测天象，自称无所不能，1540 年死于一次炼金术实验的爆炸。在他生前和死后就流传有关于他的种种轶事，1587 年民间故事《约翰·

085

浮士德的故事》出版，但这本书中的浮士德已非历史上的浮士德了，这个浮士德为享受世上的荣华富贵，把自己出卖给魔鬼，最后惨死在魔鬼之手。在这个人物形象身上，表现了新旧交替时期的种种冲突：宗教与科学，理智与情感，神性和人性，因循与追求，有着强烈的悲剧性的因素；因此有关他的传说成了许多作家笔下的题材。然而只有歌德，他以深邃的思想，丰富的人生智慧，饱满的激情和雄浑的笔力，使浮士德这一人物发生了质的变化。赋予他一种哲学的意义，在这个人物身上形象地层现了人类从中世纪以来三百年间的精神生活发展史。

歌德的浮士德是文艺复兴时的一个巨人形象，他终生追求锲而不舍。为了实现人自身的价值，探索生命的意义，他冲破知识的牢笼，摆脱了官能的享受和爱情的羁縻，他曾拥有统治者给予的权势，曾与古典美（美女海伦）相结合，然而他终究感到虚幻。他不断克服迷误和过失，最终走上了正路，在为自己的子民造福，在征服大自然的宏伟斗争中，他得到了满足，得出了智慧的最终答案。浮士德开始时出于对生的厌倦和无价值而要毁灭生，当他最后认识到生的意义和价值时，他心甘情愿地去毁灭了生，这是一个生的过程的完成，是存在的真谛的获得。

《浮士德》这部作品有着独特的艺术特色，它有机地把现实主义和浪漫主义结合在一起，赋予它一种奇特的艺术魅力。

在第一部里，歌德以当时的一桩溺婴案为依据写成了《甘泪卿悲剧》，而第二部中的《海伦悲剧》则纯系子虚乌有，毫无现实基础；他以丰富的想象力，跨越了时空的限制，从人间到天上，从现今到远古，从尘世到冥府，显示出了"一种特殊的美感"（席勒语）。

《浮士德》是对人类的一首颂歌，它充分肯定了人生的价值，赞扬了人的进取精神，对人的认识力量和创造力量作了高度的评价。它的丰富内涵和哲理深度及独特的艺术特色，使它成为世界文学宝库中的一颗永远熠熠生辉的宝石。

席勒的《阴谋与爱情》

德国诗人和剧作家弗里德里希·冯·席勒 1759 年 11 月 10
日生于内卡河畔的马尔巴赫，父亲是军医。1782 年 1 月 13 日
他创作的《强盗》公演，获得巨大成功，这是当时德国"狂飙
突进"运动在戏剧方面的重要成果。这次演出使席勒受到监禁
处分，并被禁止写作。同年 9 月偕友人一起逃出符腾堡，同年
完成了《阴谋与爱情》。此后他创作了《华伦斯坦》三部曲、
《玛丽亚·斯图亚特》、《奥里昂的姑娘》、《威廉退尔》等剧
作。1805 年 5 月在魏玛去世。除了上述作品外，席勒还写有
《斐爱斯柯》（1783）、《墨西拿的新娘》（1803）、《季米特
里》（1805，未完成）等剧本，大量诗歌，历史著作以及《美
育书简》（1795）等美学著作。

《阴谋与爱情》写的是宰相之子斐迪南少校与穷乐师米勒

之女露易丝的爱情悲剧。露易丝是位聪明美丽、温柔端庄的姑娘，她爱斐迪南。但是男女双方门户高低差别悬殊，使他们的爱情一开始就蒙上了一层阴影。宰相的秘书伍尔牧早就对露易丝不怀好意。伍尔牧是个阴险狡诈之徒，他企图以自己的地位来诱使米勒把女儿嫁给他，结果碰了一鼻子灰。露易丝违背父意，仍然深深地爱着斐迪南。她追求独立的人格，期望着打破差别的界限，认为在上帝面前人都是平等的。但同时她又感到门第的差别会像一柄无情的短剑，将把他们的爱情扼杀，因此心里总是忐忑不安。她必须在父亲和斐迪南之间做出抉择。斐迪南不断给她安慰和鼓励，竭力使他相信，真诚的爱情将会战胜一切障碍。

可是心怀妒嫉的伍尔牧在宰相面前散布谗言，想方设法要拆散这对相爱的人以达到自己卑鄙的目的。出于政治目的，宰相决定让自己的儿子娶公爵的情妇米尔福特夫人为妻，并向全城公布这一消息。斐迪南得知此事，感到奇耻大辱。父子间出现了尖锐的矛盾。

然而全城都在传播斐迪南将与米尔福特夫人结婚的流言。米勒怒火冲天，露易丝痛苦万分，斐迪南则不顾一切地忠于对露易丝的爱。宰相和伍尔牧为了达到各自的罪恶目的，又策划了一个新的阴谋：他们将米勒夫妇秘密抓进牢里，放出要对乐师拷问，判无期徒刑和送上断头台的流言。他们利用露易丝急于救出父亲的心情，迫使她按照他们的口授给宫廷侍卫长写一封情书，并要她宣誓永不泄露真相，以此作为释放她父亲的交换条件。此后他们故意让这封信落在斐迪南手里。单纯、率真的斐迪南看到这封信竟信以为真，感到自己受了欺骗。在他心里，信念、希望和光明都消失了，代之而来的是痛苦和愤怒。

　　乐师米勒获释了，但他女儿却精神恍惚，痛不欲生。斐迪南心里还没有完全绝望，这时带着那封"情书"来问露易丝，希望露易丝作出否定的回答。没想到露易丝遵守誓言，承认此信是她所写。斐迪南完全绝望了。他给乐师一袋金币，让他去给宰相送一封急信，将他支开，并乘露易丝不注意，在柠檬水里加了毒药，让她喝下这杯致命的水。在即将告别人世的时候，露易丝道出了全部事实真相。此时斐迪南悔恨交加，也喝了放了毒药的水。接到米勒送去的信，宰相急忙赶到。斐迪南痛责他父亲是杀害自己儿子及露易丝的凶手。宰相的阴谋败露，机关算尽，到头来自己被关进监狱。

　　《阴谋与爱情》这部悲剧写于1784年。那时正是法国大革命前夕，历史即将面临伟大的历史转折。这部悲剧充分揭露了封建统治阶级的专制、腐朽和残暴，显示了市民阶级的觉悟，反映了他们的愿望和追求，洋溢着向整个德国社会挑战的叛逆精神，被恩格斯誉为"德国第一部有政治倾向性的戏剧"。

海涅的《德国，一个冬天的童话》

091

　　德国诗人海因里希·海涅 1797 年生于莱茵河畔杜塞尔多夫的一个犹太商人家庭，童年和少年时期经历了拿破仑战争。先后在波恩、格廷根和柏林大学攻读法律，并于 1825 年获法学博士学位。同年接受基督教洗礼。1816 年就开始写诗。1821 年第一部作品《诗集》出版，之后他创作了给他带来世界性声誉的 4 卷《旅行记》及《诗歌集》。

　　1831 年 5 月海涅流亡到巴黎，直至 1856 年逝世一直客居巴黎。1844 年长诗《德国，一个冬天的童话》出版。这期间他同当时也流亡在巴黎的马克思夫妇密切交往，建立了深厚的友谊。海涅的《新诗集》也在 1844 年出版，其中收入 19 世纪 30 年代以来他作的诗作。这本诗集标志着海涅由抒情诗人向政治诗人的转变。

　　《德国，一个冬天的童话》这部"诗体旅行记"是他

1943 年回国旅行的成果。长诗共 27 章。第一章起着序诗的作用，定下了长诗的基调：批判腐朽、反动，歌颂新生、进步，表达了让人民不再挨饿、不让懒汉剥夺人民劳动果实的心愿。第二章至第九章记述沿途的所见、所闻、所思。讽刺和批判德国反动落后的社会现状。

第二十章至第二十六章描写旅行的目的地汉堡的现状。在诗人看来，必须用暴力才能治好政治上的沉疴，迎来美好的将来。长诗的最后一章，诗人对旧时代的消亡和新时代的成长表达了坚定的信念，与第一章首尾呼应。

海涅客居巴黎，接触了当时欧洲的各种思潮，扩大了眼界，开阔了心胸。他这次回乡见到的德国现实早已过时，显得可笑和不合时宜，仿佛是个童话。"冬天"则隐喻德国社会的昏睡、萧条和毫无生气。海涅自己曾说："这篇幽默的诗描绘了二月革命前莱茵河彼岸统治一切的昏睡和停滞的状态。"

以幽默、嘲笑、讽刺来揭露和挞伐腐朽、丑恶现象的本质，是这部长诗艺术上最显著的特点。梦境、幻想与现实相互交织，构成长诗独特的艺术风格，而梦境与幻想又植根于现实的土壤中，是现实的夸张。

在这部长诗中洋溢着海涅对祖国深沉的爱。摧毁不合理的封建制度，使人民重新获得自由，这是诗人的心愿。虽然眼前"重病沉疴"的现实使诗人心中充满忧虑，但对祖国的美好未来他总是满怀信心的。长诗标志着海涅诗歌创作的高峰。

安徒生的《安徒生童话》

世界有许多小说家都写过讲给孩子们听的故事，但其中最有成就而且终生不渝的，是丹麦的童话作家安徒生。

安徒生于 1805 年 4 月 2 日诞生在丹麦中部的小城市奥登塞，父亲是鞋匠，母亲是洗衣妇。安徒生生于贫困之家，从小习惯了拮据的生活，但他十分喜爱读书，渴望受正规的学校教育，然而家境无法满足这一点。幸好他的父亲是个文学爱好者，满足了儿子的文学爱好。他的启蒙读本是《一千零一夜）。14 岁时，安徒生只身来到哥本哈根，幻想实现自己的艺术梦想。由于他的勤奋和天分，一些艺术家为他争得了一份助学金，于是，17 岁的安徒生方跨入正规学校的大门。他的最初一部剧本未被观众接受，后来又创作了一本书《青年的尝试》，也宣告失败。这样，直到 30 岁，安徒生在文坛上还默默无闻。

1835 年，他发表第一部童话集《讲给孩子们听的故事》，确立了安徒生的发展方向，这以后，每年他都给孩子们写一部童话来作为新年礼物。直到 1875 年去世，安徒生共发表了 168 篇童话。

在安徒生所写的这许多童话里，比较著名的有《海的女儿》、《皇帝的新衣》、《丑小鸭》、《卖火柴的小女孩》。

安徒生从事创作的时代，正是他的祖国沦为异国附庸的耻辱的时代。社会的动荡、民族的危机、上等人与下层人之间的不平等所造成的种种苦难，都在安徒生的童话里获得了清晰的反映。他的童话虽然是写给孩子读的，但其中闪烁着民主思想的光辉、人道主义的精华。在安徒生还在世时，他的童话便被译成了多种语言，在世界上 80 多个国家出版。他所创造的艺术形象，像不穿衣服的皇帝、卖火柴的小女孩、丑小鸭等，都已成为世界各民族语言中常用的典故。安徒生的童话不仅是儿童们的读物，还成为成人们培养智慧和纯洁心灵的读物。

易卜生的《玩偶之家》

　　19 世纪下半期，欧洲文学的辉煌移到了北欧、俄罗斯，诞生了一大批文学大师。亨利克·易卜生就是这个时期举世闻名的戏剧大师，他以《玩偶之家》为代表的社会问题剧，把批判现实主义文学艺术推上了新的高峰。

　　易卜生于 1828 年出生在挪威东南海滨小城斯基恩。在 1848 年欧洲革命的感召下，他开始了文学创作，写诗、编剧，呼应革命。他的创作大致可以分为三个阶段：1866 年之前的浪漫剧、历史剧时期，以《布朗德》、《培尔·金特》为代表。这一时期的戏剧充满了民族奋发精神和浪漫激情，奇特的幻想，突出的个性，戏剧冲突构置巧妙；1869—1883 年间，易卜生创作了一大批社会问题方面的戏剧，表现出强烈的批判现实倾向，其中《社会支柱》、《玩偶之家》、《群鬼》和《人民公敌》为最佳代表。易卜生从民主主义立场出发，对资产阶级政治、伦理、道德等各个层面进行了针砭，表现出浓厚的人道主义气息；1884 年至 1899 年，他写作了具有浓郁象征气息的一组戏剧，以《野鸭》和《海上夫人》为代表。这组戏剧将人生哲学的探讨与人物心理的剖析紧紧联系在一起，融合了人道主义激情与愤世嫉俗的悲观，具有很高的艺术魅力。

《玩偶之家》创作于 1879 年，是他的社会问题剧的代表，也是易卜生所有剧本中思想艺术上最具代表性的一部。戏剧的主题是揭示挪威妇女的低下地位和资本主义世界中人与人关系的虚伪。女主人公娜拉与丈夫海尔茂结婚 8 年了，为他生儿育女，在家里长期麻木地像小鸽子一样生活。一件突发的事件改变了这种表面的安宁：海尔茂决定裁去公司职员柯洛克斯泰的职务，后者却向他告发其妻娜拉 8 年前曾向他举债，以示威胁。原来，8 年前，海尔茂突发重病，娜拉为了救丈夫一命，瞒着他，假冒父亲的签字向银行职员柯洛克斯泰借了一大笔钱，虽然这笔钱已陆续还清了，但是，在挪威，妇女冒名借钱是极为丢人的事，足以使丈夫身败名裂。海尔茂收到告发信后，向娜拉大发雷霆，咒骂妻子丢人，害得他将废了前程。夫妻之间再也没了原先的温情脉脉，海尔茂再也不称娜拉为"亲爱的小鸽子"了。就在这时，他们的朋友林丹太太出现了，她原先是柯洛克斯泰的恋人，现在两人重逢并修好，柯洛克斯泰写信告诉海尔茂，表示和解，并退还了借据。海尔茂感到自己安全了，名声和地位又有了保障，于是又对娜拉笑脸相迎，说什么只要娜拉仍像过去一样依赖他，他会指点她、爱护她、保护她……但是，通过这件事，娜拉终于彻底认清楚了自己原来是海尔茂的玩偶而已，丈夫的这类高调再也无法使她回到从前的安宁心境。她明明白白告诉海尔茂，"不管法律是不是这样，我现在把你对我的义务全部清除，你不受我的拘束，我也不受你的拘束。双方都有绝对的自由。"她毅然走出家门，走向社会了。

这部戏剧的核心问题是妇女的地位，而这一问题又是和法律联系在一起的，法律根本上是不承认妇女的合法地位的。因此，娜拉尽管丈夫重病在床，却无权动用哪怕一元钱。她无权个人去借钱。从中我们可以进一步看出：娜拉在家庭中的"玩偶"地位，实际上是由整个社会、整个资本主义国家的法律的男权统治决定的。因此，娜拉毅然出走反抗的，不是夫权统治，而是社会的不平等。从而，使这部家庭剧本具有了广阔的社会意义。

《玩偶之家》是一出震撼人心的戏剧。它对于庸俗的资产阶级社会来说，是一枚炸弹，使它虚伪的谎言、假面具彻底破产。它深刻地揭示了产生于家庭关系中的不平等，其根源乃在于社会、在资本主义法律的统治阶级性质。易卜生正是因此对整个制度进行批判的，因此，它的影响就远远超出了家庭伦理的范畴。有人把娜拉出走前的一番话视为妇女解放的宣言书，这是有道理的。

显克维奇的《十字军骑士》

亨利克·显克维奇（旧译显克微支）是波兰闻名遐迩的现实主义作家，1846 年出生于波维拉什地区的小贵族家庭，后全家迁居华沙。1876—1878 年曾到美国和法国访问，写有《旅美书简》和《巴黎来信》。同时还写出了一系列中短篇小说，如《炭笔素描》、《音乐迷扬科》、《灯塔看守》、《为了面包》等，从各个方面反映了当时波兰的现实社会生活，以及美国对印第安人的迫害。这些小说题材丰富多彩，文笔优美动人，是波兰中短篇小说中的珍品。19 世纪 80 年代转入长篇小说创作，1882—1888 年出版了反映 17 世纪波兰人民反抗外国侵略的三部曲：《火与剑》、《洪流》和《伏沃迪约夫斯基先生》。三部曲写得气势磅礴，故事情节曲折起伏，人物形象生动鲜明，深受读者的喜爱。随后他发表了两部描写现实生活的小说《毫无准则》和《波瓦涅茨基一家》。20 世纪 90 年代显克维奇写出了他最重要的两部历史小说《你往何处去》、《十字军骑士》。1905 年显克维奇获诺贝尔文学奖，成为整个斯拉夫民族中第一位获此殊荣的作家。晚年他还写有小说《在光荣的战场上》、《旋涡）和《在荒原和在沙漠中》。1914 年第一次世界大战爆发后，他移居瑞士佛维，并担任"波兰战争牺牲者救济委员会"的主席。1916 年 11 月 15 日显克维奇病逝于佛维。显克维奇是波兰最受读者喜爱的作家之一，被誉为"语言大师"。

《十字军骑士》是一部历史小说。它从 1399 年雅德维佳王后逝世写起，直到 1410 年格隆瓦尔德战争结束为止。在这 11 年的历史背景上，广泛描写了波兰、立陶宛人民与十字军骑土团生死搏斗的历程。

在《十字军骑士》这部小说中，作家以无比犀利的文笔，深刻揭露了十字军骑士团的贪婪、凶残、狡诈和背信弃义的丑恶行径：他们掠夺波兰的土地，残杀波兰无辜的平民，甚至袭击和绑架有恩于他们的玛佐夫舍公爵。而尤兰德一家的悲惨遭遇，更是骑土团罪行的一个缩影。骑土团的侵略和残暴行径逼得波兰人民忍无可忍，不得不进行一场有关民族生死的反侵略战争。大战爆发之前，作家作了许多铺叙，表明战争的不可避免。格隆瓦尔德战争更是写得有声有色，场面宏伟。十字军骑士团尽管有教皇的支持、西欧各国封建主的支援，可谓兵多将广，武器精良，但波兰立陶宛是正义之师，而且深得波兰人民甚至骑士团属下的人民的民心和响应，因而能以弱胜强，充分显示出正义战争必胜的真理和波兰人民保家卫国的英雄本色。

《十字军骑士》在人物刻画方面也有其独到之处。主要人物大多出身于中小贵族，世世代代受到骑士团的侵略和欺凌，他们个人的命运是和祖国的命运息息相关，因而他们能积极投入到保家卫国的战争中去。作家在刻画这些人物时，既写出了他们的共性，但又十分突出他们的个性，如马奇科精明强干，见多识广，但又有点儿贪财。兹贝什科年轻气盛和鲁莽，但他在战斗过程中不断成长和成熟，终于成了一位武艺超群而又心地善良的武士。在这部小说中作家还从不同的角度、生动而又全面地层现了那个时代的社会、政治、军事制度和风俗习惯，许多场面写得绚丽多彩，引人入胜。因此这部小说自发表以来深受广大读者的喜爱，历久不衰。

伏契克的《绞刑架下的报告》

　　尤利乌斯·伏契克是捷克一位优秀的共产主义者、英勇的反法西斯战士、革命的新闻工作者、作家和马克思主义文艺评论家。1903 年出生于布拉格一个工人家庭。从少年时代起，他就过着工人阶级的苦难生活，立志为无产阶级事业奋斗终身。在十月革命的鼓舞下，他积极参加革命活动。刚满 18 岁他就加入了诞生不久的捷克共产党。1921 年他进入查理大学文学院学习，同时为了维持生活，当短工和街头广告员。在学习期间，他就为党的报刊和其他进步刊物撰写文章。后来他被党指派为文艺与政治评论周报《创造》的总编辑和党中央机关报《红色权利报》的编辑。他曾两次去苏联，写了许多报告文学作品，满腔热情地歌颂世界上第一个无产阶级专政的国家。为此，曾被捷克当局逮捕入狱。出狱后他又积极参加了 1932

年春捷克北部的矿工大罢工，报道了矿工斗争的真相。1936年以后，捷克的独立日益受到纳粹德国的严重威胁。慕尼黑协定出卖了他的祖国。伏契克以强烈的爱国主义感情写了许多政论文章、传单、宣言和告人民书等，揭露国内外敌人的叛卖行为及纳粹匪徒的侵略野心，号召人民起来斗争。

1939年3月15日捷克全部被希特勒德国占领。伏契克一面积极参加并领导地下斗争，一面继续研究捷克19世纪的文学。他对捷克文学史上占有重要地位的作家如哈谢克等都著有专论。这些用马克思主义的立场观点写成的文学研究著作，为捷克无产阶级文学评论事业作出了贡献。

由于奸细告密，伏契克于1942年4月不幸被捕。敌人用尽各种酷刑，软硬兼施，但他经受住了肉体上和精神上最严峻的考验，毫不动摇自己的信念。他在布拉格庞克拉茨纳粹德国盖世太保监狱里被监禁了411天，1943年9月8日被杀害于柏林的普勒岑斯监狱中。

《绞刑架下的报告》（以下简称《报告》）这部不朽著作，是伏契克在盖世太保监狱里迭遭刑讯、备受折磨、随时都有上绞刑架的处境中，得到两个看守的主动帮助，用铅笔头在碎纸片上写成的。这是用鲜血凝成的一部最壮丽的诗篇。它描写了1942年初夏的夜晚，伏契克乔装成跛足的老教员，快步去叶林涅克家与他的"助手"——后成为叛徒的克列仓碰头。汇报近况和布置任务后，两人正准备离开，忽听得急促的敲门声，盖世太保来了。伏契克躲在门后，本来他能够毫无阻碍地开枪自卫，使自己脱险。但想到枪声会引起敌人还击，结果会使四位同志白白牺牲后，他选择了从隐蔽处走出。他被捕了。在监狱里，他受尽了苦刑，奄奄一息。但他活过来了。

他在二六七号牢房关了 411 天。在"老爹"——一位老教师的耐心护理下，他恢复了健康，领导狱中斗争。首先过了一个有意义的"五一节"。那天早晨半小时"放风"时，他指挥操练，第一个动作：打锤。第二个动作：收割。镰刀锤子！"这个哑剧就是我们的五一宣言，我们将永远忠于我们的誓言，至死不渝。"

伏契克在专为共产党犯人而设的候审室——四〇〇号里同敌人展开斗争。他对死亡有足够的估计。他清楚地知道："一旦落到盖世太保手里，就不会再有生还的希望。在这里我正是根据这一点来行动的。"他在狱中斗争得既大胆又狡黠，乐观而主动。"一年来我同他们一起写下了这出戏剧，并使自己担当了剧中的主要角色。有时演得滑稽可笑，有时令人精疲力尽，但始终使人绷紧心弦。"四〇〇号是最能够深刻认识被称为"人"的这种动物的地方。在这里，由于死亡的逼近，赤裸裸地暴露着每一个人。伏契克目睹四〇〇号里，忠实者坚定，叛徒出卖，庸人绝望，英雄们斗争。每个人身上都存在着力量和软弱、勇敢和胆怯、坚定和动摇、纯洁和肮脏。而在四〇〇号里，只能够存在其中的一种，非此即彼。

伏契克不顾个人安危与条件的恶劣，在看守科林斯基的帮助下，搜集了"雕像"与"木偶"即好人与坏人的材料。工人出身的共产党员叶林涅克夫妇被捕时，玛丽亚问丈夫："现在怎么办？""我们去死，玛丽亚。"被捕前，她一直是爱哭的；入狱后，没流过一滴泪；几个钟头的拷打，折磨得死去活来，可就是不开口。她最后的遗言是："请转告外面的同志，不要为我难过，也不要被这件事吓住。我做了工人阶级要求我做的一切，我也将按照它的要求去死。"在斗争中成长起来的年青一代的优秀代表丽达，像许多少女一样，性急、娇气，她随伏契克参加秘密集会、送信，后来成了地下中央委员之间的联络员。最初她并没有觉得这就是革命工作。她只感到新奇、有趣、带几分冒险性。后来她内心起了变化，她思索着，成长着。1942 年她被中央委员会直接吸收入党。在这天深夜回家的路上，她告诉伏契克："今天是我一生中最重要的日子。从现在起，我不再属于我自己了。我发誓，无论发生什么事情，我决不变节。"由于她曾经爱过的人——克列仓的招供，使她被捕。在狱中她巧装成一位天真无邪的顽皮少女，与敌人周旋，出色地完成了党交给的各种任务。只有她一人幸免，活到了解放。

　　牢房外是"木偶"多于"雕像"的世界。外号"假慈悲"的"木偶"替伏契克裹伤，好像是他"救"了伏契克的命。实际上他殴打被捕的犹太人，强迫他们吞下满匙的盐和沙子，表现出十足的纳粹本色。另一个可恨的"木偶"被犯人一致用中性的"它"称呼。这是个渺小而妄自尊大的钻营家，他为自己身材的矮小而苦恼。因此对所有在体格上和智力上都比他强的人实行报复，其手段是告密和给犯人档案里塞假材料。有许多人牺牲在他手里。另一个满脸横肉的斯麦唐纳专爱打人。这个"原始的生物"，在他学过的一切动作里只记住了一种：打人，打一切落在他手里的人。监狱长是个衣着十分考究的人（但他却不忌讳死人的衣服）。他是一个典型的纳粹暴发户，随时准备牺牲一切人来保持他的地位。他对所有的人——对犯人和监狱职员、小孩和老人，同样表现出绝对地冷酷无情。这些大大小小的"木偶"成了纳粹政权的支柱。

1943 年伏契克被送往柏林受审，惨遭法西斯杀害。

《报告》深刻地揭示了人的伟大与渺小——雕像与木偶的根本区别。伏契克冒着生命危险，以火一般的热情，忠实地记录下这些肝胆照人的英雄。他笔下的英雄人物朴实无华，个个都表现出真金不怕火炼的坚强性格。他们的英雄主义是无私的、谦逊的。他们真正当得起"人"的称号。

伏契克那双无比敏锐的眼睛，从死亡中复活而被唤醒的感官，最能觉察那些木偶、败类。如叛徒克列仓，这个曾经冒过枪林弹雨的人，现在却在盖世太保的皮鞭下丧失了勇气，于是用出卖组织、同志以及自己的恋人来保全自己的生命，最后连卑鄙的敌人都瞧不起他。伏契克还痛斥了那些不配做捷克人的刽子手。这些把灵魂出卖给魔鬼的人，变得比魔鬼更可恨。

《报告》不仅是捷克无产阶级文学中的经典著作，也是全世界进步人民的共同的精神财富。此书自 1945 年在捷克出版以来，已被译成包括中文在内的 89 种文字，出版 300 多次，印数达数百万册，在世界各国人民中广为流传。它教育了一代又一代的新人；特别对那些不曾经历过反法西斯战争的青年一代，起了极大的教育和鼓舞作用。所有读过或将要读到《报告》的正直人们，都会永远记住伏契克用鲜血和生命在书的末尾发出的谆谆嘱咐："人们，我是爱你们的！你们可要警惕啊！"是的，一切为人类进步事业献身的人们，都无不感谢伏契克真诚地提醒：无论何时何地，都要警惕那些公开的和隐藏的、残忍的和阴险的、形形色色的木偶！

普希金的《叶甫盖尼·奥涅金》

　　《叶甫盖尼·奥涅金》是伟大的俄罗斯民族诗人普希金的代表作，也是俄国现实主义文学的主要奠基之作。亚历山大·谢尔盖耶维奇·普希金出生在莫斯科一个古老而家道中落的贵族家庭。从小受家庭的熏陶，普希金少年早慧。在皇村学校就读期间，他受法国启蒙主义思想和拉季舍夫革命精神的影响很深，在 1812 年卫国战争的召唤下，爱祖国、爱自由、反暴政的思想日趋成熟。1817 年诗人从皇村学校毕业，以十品文官的职位到外交部上任。1817 年至 1820 年，普希金为弘扬拉季舍夫争取自由的传统所写的《自由颂》、《致恰阿达耶夫》、《乡村》等抨击沙皇专制政体的政治抒情诗，以手抄本的形式叩响了渴望自由的人民的心弦；但诗人为此付出了失去人身自由的代价：被迫接受沙皇当局对他的惩处，被流放到南俄。在流放期间，普希金写出了《高加索的俘虏》、《强盗兄弟》、《巴赫切萨拉伊的泪泉》等反叛暴政的抒情诗。1823年他开始写诗体长篇小说《叶甫盖尼·奥涅金》。1825年十二月党人起义失败，普希金虽未受直接牵连，但次年尼古拉一世以赦免他为名，将他召回莫斯科，置于自己的直接监督下。他奉命编辑有关彼得大帝的史料，对文献的研究引起他对普加乔夫事迹的关注。在进行实地考察后，他写出以彼得大帝为题材的长诗《铜骑士》和以普加乔夫起义为核心的长篇小说《上尉的女儿》等许多名著。1833年，普希金被沙皇赐以"宫廷近侍"的污辱性头衔，在宫廷弄臣们的包围中受尽百般屈辱，被迫以生命的代价，奋起反抗，含恨倒在与丹特斯的决斗场上，伤重难治，俄罗斯诗歌的太阳从此殒落。

《叶甫盖尼·奥涅金》是一部富于独创性的作品，具有高度的人民性和高度的艺术性。它的高度人民性主要是通过描写俄国贵族社会这个典型环境和塑造"多余人"这个典型性格而获得的。作品直接提出了贵族青年的生活道路问题，还间接反映了专制农奴制的危机和一代进步贵族的觉醒。小说的中心人物叶甫盖尼·奥涅金出身贵族，天资聪慧，成天沉溺于舞会、剧院、饮宴和情场。生活的贫乏导致心灵的空虚。他也试图用读书和写作来填补这种可怕的空虚，但又由于自幼懒散成性，对什么都浅尝辄止，结果无所作为，因而得了不治的"忧郁症"。尽管他对时局多有愤世嫉俗的言辞，对乡村地主的庸俗无聊也不乏痛恨之情，但始终只是个不满现状但又无所事事的贵族社会的"多余人"，也就是个既不愿与贵族官僚同流合污，也不能甚至也不想与人民同心同德的怪人。作为奥涅金形象的对照，作者又刻画了塔吉雅娜这个有一颗"俄罗斯心灵"的先进贵族妇女形象。塔吉娅娜对奥涅金之所以一见钟情，就是因为奥涅金的不同凡俗引起了塔吉娅娜的共鸣。不过，这种相近在两个相隔甚远的环境里长大的年轻人身上，反而铸成了有机无缘的爱情悲剧，因为生活在贵族圈子中的奥涅金和生活在纯朴的人们中的塔吉娅娜是不可能情投意合的。贵族阶级远离了人民，这就是普希金观察贵族青年性格特征时，所捕捉到的百病的根源。

《叶甫盖尼·奥涅金》是一部诗体长篇小说。作为小说，它有奥涅金、塔吉娅娜、连斯基等主人公的故事；作为诗，它又有抒情主人公即作者通过大量抒情插话，随着广阔的社会生活画面的移动，作者不断即兴抒情，这是散文体小说体裁所无法表现的。

《叶甫盖尼·奥涅金》中的最大独创是"奥涅金诗节"。这是对但丁、莎士比亚等人的十四行体的发展。

这部诗作的语言是普希金为俄罗斯文学树立的高度艺术化语言的典范，其词汇之丰富，用词之准确，音律之和谐，表情之繁富，达意之流畅，无一不是奠基人的大手笔。更令人惊叹的是普希金能用既明快又含蓄，既华美又质朴，既庄重又诙谐，既平和又犀利的语言，把光怪陆离的上流社会的一切都惟妙惟肖地表达出来。这不能不说是世界文苑中的一大奇观。

《叶甫盖尼·奥涅金》这部诗体长篇小说对俄罗斯文学的影响是不可估量的，它揭开了俄国小说史崭新的一页。《叶甫盖尼·奥涅金》在奠定俄国现实主义文学方面的作用，已被历史所证实。它是俄国诗体长篇小说的源头，正如莱蒙托夫的《当代英雄》是俄国散文体长篇小说的真正源头一样。它是俄国第一个"多余人"形象诞生的故乡，正是奥涅金派生出了毕巧林、别尔托夫、罗亭等一系列"多余人"形象，筑成19世纪俄国文学史上一道特有的多余人画廊景观。它是培育塔吉娅娜这第一个体现俄罗斯审美理想的优秀妇女典型的摇篮，从此，塔吉亚娜便成为作家们描写俄罗斯妇女时的经典性参照。它的诗体长篇小说的体裁对后代作家也产生了深远的影响。到了苏联时期，甚至还出现过诗体中篇小说、诗体短篇小说。奥涅金诗体的独创大大丰富了世界诗歌宝库中重要的十四行体裁。它在俄国文化史上的影响远远超出了文学的范围，例如柴可夫斯基在19世纪就把它改编成了歌剧，20世纪的苏联艺术家更把它搬上了电影银幕。

果戈理的《死魂灵》

　　尼古拉·瓦西里耶维奇·果戈理是 19 世纪俄国批判现实主义文学的奠基人，他的长篇小说《死魂灵》成了 19 世纪 40 年代俄国文坛关注的重大事件，是最伟大的俄国长篇小说之一。

　　1831 年，果戈理结识了普希金，在后者的提醒下，果戈理创作了《狄康卡近乡夜话》，引起了文坛的广泛注意，一跃而成为名作家：他对乌克兰民间风俗、传说和民众心理的真实描绘，使读者逐渐认识到果戈理式的幽默风格。1835 年发表的《密尔格拉德》和《彼得堡故事集》则奠定了果戈理俄国一流小说家的地位。1836 年，果戈理在戏剧艺术方面一展身手，他创作了讽刺喜剧《钦差大臣》，尖锐地讽刺了丑恶的官僚阶层，但正是这部戏剧，使得作家难以在祖国立足，他遭到了来自贵族官僚阵营的诽谤，不得不离开俄国。在 5 年的旅居生活中，果戈理精心创作了旷世之作《死魂灵》。1842 年 5 月，《死魂灵》第一部发表，立刻震动了全俄罗斯，继而，在文学上开创了一个时代。1852 年，果戈理在贫病交加之际去世。

尽管果戈理的短篇小说、讽刺喜剧都产生了广泛的社会影响，具有很高的思想艺术水平，但是，能够代表果戈理全部创作成就的，还推长篇小说《死魂灵》。情节很简单：一个诡计多端的投机者乞乞科夫来到了某城，他的目的是收购已经死去的农奴的户口，乞乞科夫先后对五个农奴主的庄园进行了访问，与他们交易。

原来，乞乞科夫是希望收购进 1000 个死农奴，凭借这些已死去，但尚未注销户口的农奴，去救济局抵押，每个农奴 200 卢布，足可以赚 20 万卢布。但是，他的发财美梦并未成真，被揭穿后只好逃之夭夭。

在这部小说里，果戈理发展了早年讽刺小说、喜剧的风格，扩大的反映面，从外省地主、官僚统治集团、上流社会、投机商人，均进入他的艺术视野里，构成了一幅名副其实的百丑图。尤其是对五个农奴主的刻画，真可谓是入木三分，使人对农奴制度存在的合理性产生极大怀疑。乞乞科夫形象是俄国文学里继普希金《黑桃皇后》之后第二个投机者形象，他那种发财的野心、处心积虑的盘算和惊若寒蝉的恐惧，均体现了新兴的俄国商人的典型心态。

《死魂灵》被著名的文学评论家别林斯基称为俄国社会的

一部史诗，因为它真实地再现了广阔的俄国现实。受它的影响，在 19 世纪 40 年代，俄国产生了一大批作家面向现实，面向社会，创作了一系列具有强烈针对性、深刻思想性和鲜明艺术特色的文学作品；终于，形成了俄国文学的批判现实主义派别——自然派。可以说，果戈理的《死魂灵》是俄国自然派的奠基之作，它的影响是极为深远的。

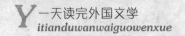
114

莱蒙托夫的《当代英雄》

　　长篇小说《当代英雄》是 19 世纪俄国杰出的批判现实主义作家、诗人莱蒙托夫创作的最著名的作品。米哈伊尔·尤里耶维奇·莱蒙托夫 1814 年出身于贵族家庭。父亲是军官，母亲一家系首都最有势力的贵族之一。由于母亲早逝，幼小的莱蒙托夫被外祖母抚养，受过良好的贵族式教育，他先后求学于莫斯科大学和彼得堡近卫军学校。20 岁时，进入骠骑兵团服役。从此，一直在军队里生活，直至去世。莱蒙托夫的文学创作从中学时代便已开始，起初，创作一些浪漫小诗，受到俄国诗人普希金、英国诗人拜伦的极大影响。1837 年，普希金决斗遇害，他为此写了《诗人之死》，从此一举成名，成为普希金之后俄罗斯诗坛的伟大代表。他的诗表达了十二月党人之后成长起来的一代青年对俄国专制制度的强烈不满，同时，由于他们成长于专制高压的黑暗时代，社会环境、政治气候的恐怖，使得他们大多沉郁、绝望，他们的文学作品也充满了怀疑、否定、孤独的情绪。莱蒙托夫的大多数诗篇都打上了时代的烙印。《寂寞又忧伤》、《独白》、《祈祷》、《预言》等一系列抒情诗，长诗《恶魔》都表达了这些情绪。但是，他的《童僧》、《商人卡拉希尼科夫之歌》、《帆》等作品，也歌颂了不屈的叛逆行为，洋溢着乐观精神。长篇小说《当代英雄》完成于1840年，是莱蒙托夫最成熟时期创作的。除了诗歌、小说之外，他还创作了许多诗剧，在俄罗斯文学史上占有突出地位。1837年2月，莱蒙托夫因《诗人之死》而遭逮捕，随后被放逐至高加索，由于外祖母的斡旋，又被调至彼得堡近郊服役。1840年2月，与法国公使的儿子决斗，被重新流放到高加索；1841年与人决斗被杀，年仅27岁。

　　《当代英雄》完成于1840年，它由五篇彼此独立、又相互联系的中篇故事构成。贯穿全书的是主人公皮却林。《塔曼》、《贝拉——一位高加索军官的笔记》、《梅丽公爵小姐》、《马克西姆·马克西梅奇》和《宿命论者》等五个故事组成了这部长篇小说。皮却林一生以不同的叙述角度贯穿全部小说，他是一个生长在贵族上流社会的青年，因不满上流社会的虚伪、放荡生活，自愿去高加索要塞服役。在服役的途中，巧遇海盗，窥破了他们诡计，但却也破坏了海盗们无奈的生活。到了高加索之后，皮却林无所事事。某日，在一次婚礼上看中了当

115

地酋长的女儿贝拉，爱上了她，并施展心计，终于赢得了贝拉的爱情，两人同居了。但是，这种使皮却林迷恋的爱情并未持久，四个月后，皮却林就对贝拉厌烦了。他感到纯朴的山民的无知和单纯与上流社会贵妇人的弄姿作态同样令人厌倦。在这种失望中，皮却林恢复了他往日的闷闷不乐、沉思苦闷，打猎、玩乐、军务都不能使他振作起来。在他看来，生活内容过于空虚。这种状况，使贝拉极为惊慌，她手足无措。在皮却林整日不归的时期，她被一惯盗所劫，反抗中被刺，重伤死亡。皮却林虽极为伤心，但对于他来说，未尝不是一种解脱。

病愈之后，皮却林去一处温泉浴场疗养，巧逢旧友格鲁式尼茨基。后者虽为士官，却附庸风雅，忍不住炫耀自己的风流韵事。为了讨公爵小姐梅丽的欢心，他穿上了并不属于自己的军官服，经常伴公爵小姐漫步。皮却林虽看不起格鲁式尼茨基的轻浮、浅薄，但却又有些嫉妒后者的艳遇。于是，伺机接近公爵小姐，博取她的欢心。这时，恰逢皮却林旧情人维拉一家也来到温泉，他们相约在公爵夫人处会面。皮却林的机智、风趣谈吐，吸引了大批听众，他一下子成了公众注目的中心，这使得公爵小姐有所不满。但是，连她自己也不禁为皮却林所吸引，成了他的听众之一。梅丽小姐与皮却林的接近，使格鲁式尼茨基大为恼怒。恰好，皮却林某晚与维拉的约会，为他所察，但他误以为是皮却林与梅丽小姐之间的幽会，便设计欲拿二者，为皮却林所躲脱。次日，格鲁式尼茨基张扬此事，皮却林挑起决斗。实际上，皮却林内心并不怎么在意公爵小姐，只是出于烦闷、无聊，他才频频出入公爵之家；也是出于无聊，他才搅散格鲁式尼茨基与公爵小姐之间的感情。这时，同样出于无聊，他挑起了与旧友的决斗。站在陡峭的山崖上，皮却林冷漠地看着自己的对手，即使对手先开枪，他仍忘不了讥诮对方；当轮到自己射击时，他没怎么犹豫，便打死了对手。

维拉离去了。她害怕自己与皮却林的事闹得身败名裂。皮却林知悉后，骑上马疯狂地追赶，直至马匹累死，他倒在地上，望着星空，真正体会到了绝望。其实，即便追上了情人又能怎么样呢？

他去和公爵小姐告别，后者正为他的英雄般的骑士举动而欢心，显然，她认为皮却林也同样陷入了情网。但是，皮却林冷漠地话别，承认自己并不爱她，与她的亲近纯属戏弄。公爵小姐受到了愚弄，说："我恨您……"皮却林则恭恭敬敬地鞠躬告别了。俄罗斯已没什么值得他留恋。皮却林去波斯去冒险，后来，死在回国途中。

皮却林的外在行为表明他是玩世不恭的人，对于上流社会的行为规范不屑一顾。但是，从内心上讲，他又时刻处于痛苦之中，他不住地扪心自问："我活着是为什么呢？我生来是为什么目的呢？"实际上，这种在生活中找不到目的的精神状态是皮却林那一代生活于19世纪三四十年代的俄罗斯贵族青年共有的。满怀济世的热情，却无法在现实中实施自己的抱负；

空洞的、虚荣的、假仁假义的上流社会的泥淖，紧紧地拖住了皮却林，使他出众的天赋、充沛的精力无力施展，进而，用冷酷无情的势力，为社会造就了一个玩世不恭的利己主义者。

《当代英雄》一出版，便获得了俄国进步思想界的一致好评。赫尔岑、别林斯基、奥加辽夫、屠格涅夫都肯定了莱蒙托夫这部小说的真实性、艺术性，认为这是一部卓越的社会心理小说，是俄国社会心理小说的开端。《当代英雄》中的主人公皮却林，成为由奥涅金开始、后来由别里托夫、罗亭至奥勃洛摩夫等形象组成的多余人系列形象的重要一环。他们共有的对俄国上流社会的厌弃、失望而至否定，反映了时代的现实趋向；他们身上的个人主义、利己主义等弱点，又是身处贵族社会的他们无法克服的。莱蒙托夫自己说：皮却林是"由我们整整一代人的充分发展的缺点构成的肖像"，写他的目的在于"诊断时代的病症"，显然，长篇小说的题目《当代英雄》是具有讽刺意味的：小说的艺术性很强，尤其是深刻的心理描写、优美的自然景色和民俗风情的描绘，以及结构都可称独具匠心，在俄国文学史上，《当代英雄》是第一部真正的长篇小说，它直接启发了果戈理、屠格涅夫等作家，为"自然派"的批判现实倾向在俄国文坛扎下根来，产生了巨大影响。

屠格涅夫的《父与子》

　　《父与子》是俄国著名作家屠格涅夫的代表作。伊万·谢尔盖耶维奇·屠格涅夫出生于奥廖尔，世袭贵族。1833 年考入莫斯科大学语文系。次年，因全家搬至彼得堡，屠格涅夫转入彼得堡大学哲学系，开始接触西方哲学，并开始文学创作。1843 年，他结识了别林斯基，深受后者的进步思想影响，创作了《猎人笔记》，从而，成为"自然派"的中坚。1852 年，屠格涅夫写成具有强烈反农奴制倾向的小说《木木》。1856 年以后，屠格涅夫先后创作了《罗亭》、《贵族之家》、《前夜》和《父与子》等著名长篇小说，轰动文坛。这些作品触及到当时极为迫切的现实问题，尤其是《父与子》，成为激进派与保守派分裂的导火线。1883 年 9 月 3 日，病逝于巴黎。

　　《父与子》写于 1861 年，是屠格涅夫六部长篇小说里影响最大、争论也最激烈的一部。小说的主人公巴扎罗夫是医学专业学生，一年暑假，应同学和朋友阿尔卡狄的邀请，去他家庄园度假。阿尔卡狄的伯父巴威尔却是旧式贵族，以自由主义和拥护进步自诩，看不起巴扎罗夫。两人发生了激烈的争论。巴扎罗夫自信、刚直、粗犷，思维敏锐。他出生平民，蔑视贵族阶级的权威。他在庄园住了两周。巴威尔指责他否定一切，是虚无主义者；巴扎罗夫则针锋相对，强调应先否定、破坏现存的一切，然后才能谈到建设。两人不欢而散。阿尔卡狄伴随巴扎罗夫去省城，在舞会上认识了美丽动人的富孀阿金佐娃，并应邀去她家做客。平时对爱情不屑一顾的巴扎罗夫，这时却对阿金佐娃产生了爱慕之情，这使他极为气恼。阿金佐娃也对巴扎罗夫充满好奇，甚至极为迷恋。但是，当巴扎罗夫向她表达爱情时，她却退缩了，宁愿照过去的样子宁静而舒适地生活下去，这使巴扎罗夫极为失望，立即与阿尔卡狄返回庄园。

巴扎罗夫回庄园后潜心钻研生物学。某日，他在凉亭吻了一下费尼奇加，偶然被巴威尔看见，后者要求他次日清晨与己决斗。但在决斗中失败的却是巴威尔自己。幸而，巴扎罗夫及时为他包扎伤口，直至痊愈。此后，巴威尔承认巴扎罗夫具有绅士风度。这场决斗，被评论界看做是旧人与新人的决斗，结果，是新人打败了旧人。

决斗之后，巴扎罗夫便回家了。但是，不久，在一次解剖青蛙的实验中，巴扎罗夫不慎割破手指中毒，因当地没有消毒剂，他中毒而亡。

巴扎罗夫是全书的核心，所有的事件都围绕他展开。他是19世纪典型的平民知识分子形象。他信奉科学、民主、平等，彻底否定现存制度。但是，他对于否定后需要建设的未来极为茫然，临死前给阿金佐娃的信里，他说："我要干出一番事业，我不要死，干吗要死！"但是，事业是什么样子的呢？巴扎罗夫的这种否定现存制度的倾向，被屠格涅夫冠以"虚无主义"。显然，他认为，巴扎罗夫在否定之余无力提供未来的答案。在巴扎罗夫形象中，包含着屠格涅夫对民主主义者的误解，甚至偏见。所以，《父与子》一发表，马上就引发了平民知识分子阵营与贵族知识分子阵营的激烈争论，双方就巴扎罗夫形象的社会审美含义、就俄国的未来道路等问题展开了尖锐的讨论，最终导致了进步思想界的分裂。

小说里的其他形象也很有艺术魅力，例如巴威尔形象、阿尔卡狄形象等。巴威尔是旧式自由派贵族的典型，欧式教养、老爷派头，标榜自由民主，却固执地不肯接受新生事物。当他面临新生力量的挑战时，就表露出了其软弱的一面，不堪一击。阿尔卡狄表面上倾向于巴扎罗夫，但是，在作家对他的心理作微妙的刻画中，可以看到他骨子里仍遵循着贵族的生活原则。唯有巴扎罗夫的思想，才是整部小说里最具光辉的所在。

《父与子》在19世纪批评界引起了强烈的反响。自由派显然不乐意看到决斗的胜利者是平民，他们仍然希望固守自己在现实生活中的优越地位。而平民知识分子则认为作者歪曲了自己。把主人公写成轻视人民、粗暴地否定一切，这是革命民主主义者不能容忍的。显然，屠格涅夫对贵族退出历史舞台带有一定程度的同情。而且，平民知识分子更不愿读到巴扎罗夫在事业一无所成之时就死去，这样的结局，是与革命民主主义的现实使命相悖的。尽管屠格涅夫对革命民主主义者带有种种偏见，但巴扎罗夫形象无疑是 19 世纪 60 年代俄国平民知识分子的一个缩影，是 19 世纪俄国文学里最具艺术魅力的形象之一。而《父与子》里所确立的父辈与子辈之间的冲突，也被读者广泛认同为社会历史的冲突，从而影响着现实斗争。

陀思妥耶夫斯基的《罪与罚》

　　陀思妥耶夫斯基是俄国作家中对 20 世纪西方文学影响最为深远的一位，他的声誉几乎与列夫·托尔斯泰并驾齐驱。小说《罪与罚》是他的代表作。

　　费奥多尔·米哈伊诺维奇·陀思妥耶夫斯基于 1821 年出生在莫斯科玛丽贫民医院一个退役军医家庭。父亲原是平民，后来买了一个贵族身份。陀思妥耶夫斯基的全部童年都是在疾病、号哭和被死亡笼罩的医院中度过的。他的家境并不富裕，所以，上完 3 年寄宿学校后，就被父亲送人彼得堡军事工程学校，在那里，他共呆了 5 年。1843 年进人工程局绘图室工作，但一年后便辞职了，从事他梦寐以求的职业作家活动。使他真正一举成名的是中篇小说《穷人》。这部以"小人物"为题材的小说一开始便赢得了别林斯基的赞叹，称他为"又一个果戈理"。随后，他与民主主义者交往甚密，成为"自然派"的中坚作家。他的创作风格逐渐在随后的小说中成熟起来：专注于人物内在本性和精神状态矛盾变化的描绘，甚至于挖掘病态的心理内容，提出人的双重人格问题。这一倾向受到别林斯基的批评，认为它违背了文学的社会使命和责任。1847 年，双方决裂。1849 年，他因参加彼得拉舍夫斯基小组集会并朗诵《致果戈理的一封信》而被捕，被判绞刑；后改为 4 年苦役和 5 年兵役。在西伯利亚的 10 年，是陀思妥耶夫斯基的思想趋于保守甚至反动的时期。10 年后他结束了流放生涯，回到彼得堡。相继发表《死屋手记》、《被欺凌与被损害的》。《罪与罚》的问世，给他带来了世界性声誉。陀思妥耶夫斯基还著有《赌徒》、《白痴》、《群魔》和《卡拉马佐夫兄弟》，后者是他的压卷之作。1881 年 2 月 9 日陀思妥耶夫斯基病逝于彼得堡。

在陀思妥耶夫斯基全部小说里，无论在思想上还是在艺术上，最有代表性的是《罪与罚》。

小说主人公拉斯科尔尼科夫是辍学失业的法律系大学生，他认为：有两种人，一种是低级人，他们只能做繁殖同类的材料；另一类是真正的人，他们可以违背法律，破坏现存的东西。为了证明自己属于后者，他决定去杀死放高利贷的老太婆。通过仔细观察，他当晚就顺利地杀死了她，但正巧碰上老太婆外出回家的妹妹，只得也杀了她。

这是拉斯科尔尼科夫精神命运的转折点。警察了解此案时并未怀疑到他，但是，他内心却忐忑不安。次日，他收到警察局送来的传票，但这是催款传票，无意间听到警察们议论此案，令他极度紧张，精神几乎分裂。回家后，便卧病在床。他想到了自首。"超人"的理论破产了，他不得不承认自己是凡人。最终在妓女索尼娅的帮助下，他决定投案自首。

在小说里并立着两个中心人物：拉斯科尔尼科夫和索尼娅。拉斯科尔尼科夫形象具有深刻的思想内涵。生活于贫困之中，目睹着平民生活于强权之下，这种经历使他无时无刻不在思索公平、正义等问题，但是，他并未寻找到一股社会历史力量来实现它。于是，便诉诸于超人理论。他希望自己能够证明自己是超人，从而拯救苍生。但是，作案之后，他便感觉到杀人是一种道德上的犯罪，是对人性的灭绝。这时，他陷入了不可自拔的精神危机。索尼娅是作家推崇的理想。她忍辱负重，为了全家人的生存，自己去做妓女，这一自我牺牲使得她在拉斯科尔尼科夫眼中顿时高大、圣洁起来。信仰，是索尼娅作出这一选择的原因。正是由于有对基督受难才解救万民的信仰，索尼娅才无怨无悔地忍辱含垢。拉斯科尔尼科夫终于在对基督的皈依中看到了彼岸，看到了解脱之路。陀思妥耶夫斯基安排一个宗教的结局，是意味深长的：他认为人类要从罪恶和苦难中获救，只能求助于自我牺牲。当然，这是消极的，

小说还描写了冬尼雅、马尔麦拉托夫、斯维德里加依洛夫、卢仁等形象，都写得丰满、生动，具有极强的象征意义。

《罪与罚》的发表，使作家陀思妥耶夫斯基的声誉达到了最高峰。这是因为他不仅在这部小说里依旧洋溢着反对资产阶级、资本主义的激情，显露出强烈的揭露现实的倾向性和对平民苦难的深刻同情，体现出博大的人道主义精神，还因为在这部小说里，更为典型地确立了陀思妥耶夫斯基的艺术特质——心理现实主义的全部特征。他善于描写人的思想、思想斗争、自我争辩以及变态心理，对主人公陷入自责自咎的病态心理描写、对下层人不甘失去自尊的心理描写，都达到了心理描写艺术的最高峰。同时，作品中时常流露出来的消极思想、宗教信仰和说教、创作中的直觉因素、非理性成分、醉心于病态心理的铺张描写，使他的小说具有一种"病态的美"。也许正是因为后一点，陀思妥耶夫斯基在 20 世纪文学，尤其是在种种现代主义流派中具有相当大的影响，甚至，被许多流派的作家奉为鼻祖。而对于俄国文学来说，陀思妥耶夫斯基则全面而且极有深度地发展了"小人物"的主题，把从普希金到果戈理形成的对小人物的社会底层状态的描写，推广到精神、心理的程度，充分表现了小人物的"被欺凌与被损害"的惨状。

列夫·托尔斯泰的《安娜·卡列尼娜》

列夫·托尔斯泰，伟大的俄国作家，他的创作全面而且真实地反映了19世纪俄国农奴制改革以后直到20世纪初期的社会政治状况，具有很高的认识作用和艺术魅力。《安娜·卡列尼娜》是他的三大长篇小说之一，在思想上、艺术上都具有代表性。

列夫·尼古拉耶维奇·托尔斯泰出身于贵族家庭，祖先系皇室重臣，世封伯爵。在他出生时，已家道中落了。1844年，他考入喀山大学，学习阿拉伯土耳其语言文学，广泛接触到启蒙文学和思想。但三年级时，他便申请退学，回到庄园开始亲自管理，并进行改良，但失败了，于是开始文学创作。1869年，他用了6年时间完成了《战争与和平》，一跃而成为第一流的俄国作家。这部作品取材于1812年卫国战争，广泛地反映了现实中的矛盾，是世界文学史上最光彩夺目的杰作之一。19 世纪 90 年代，他一度住在莫斯科，广泛接触了城市贫民。这期间他创作了小说《复活》，除此之外，他还创作了许多中短篇小说和政论作品。由于他激烈抨击教会，1901 年官方革除他的教籍。1905 年爆发的革命使托尔斯泰和他的非暴力主张、道德自我完善受到挑战。1910 年冬，他离家出走，病逝在一个小站上。

1877 年《安娜·卡列尼娜》创作完成，这部小说历经 4 年，修改过 12 次，是托尔斯泰极为重视的一部长篇小说，也真切地反映了他的思想艺术风貌。小说直接取材于 19 世纪俄国现实，是社会现实的斗争、矛盾的艺术反映。它由两条线索构成。一条是安娜的爱情悲剧，另一条是列文的精神追求。安娜是贵族妇女，16 岁就被嫁给官僚卡列宁，生子以后过着丝毫没有幸福感的贵妇人家庭生活。为了处理哥嫂之间的纠纷，她从彼得堡来到莫斯科，在一次社交活动中，她遇见了渥伦斯基。本来渥伦斯基正在追求吉提，但一看到安娜，立即便被她迷住了，整个舞会上，他似乎没有看见吉提，眼里只有穿黑丝绒长袍的安娜。渥伦斯基的变心使吉提极为痛苦，也使安娜颇感为难，她第二天便离开莫斯科，返回彼得堡。但是，当她到站时，渥伦斯基却出现在站台上。安娜心里既紧张不安，又涌起莫名的喜悦。她的丈夫卡列宁也来站台接她，但安娜却对他那刺耳的官腔及他那对招风耳朵极为反感。渥伦斯基看出了这一点，便大胆地追求起安娜来。他过于招摇，因此，彼得堡上流社会对此也议论纷纷。安娜不顾反对和议论，做了渥伦斯基的情人。卡列宁觉察到妻子的反常，提醒她婚姻的神圣性，认为只有犯罪才可能破坏它，而这种犯罪注定要受惩罚。这种议论让安娜感到极为厌烦，更加痛感这个家庭根本不存在爱情。某日，卡列宁和安娜看赛马，看到渥伦斯基不慎摔下马来，安娜当即神态失常。卡列宁极为恼怒，认为安娜此举败坏了家风，丧失了贵妇人的举止规范，强拉她回家。在马车上，安娜

129

向他坦言自己是渥伦斯基的情人，但卡列宁仅仅想到的是他的名誉，要安娜严格遵守外表的体面，不许在家里接待情人。此后，安娜与渥伦斯基有了孩子，分娩后安娜大病一场，病危时，她预感到难存于世，便请求卡列宁饶恕自己，并请求他与渥伦斯基和好，不再念旧恶。但是，病愈之后，她重又后悔，不能容忍卡列宁。于是，未及离婚，她便与渥伦斯基公开同居，甚至去国外游历去了。当他们回到俄国时，发现整个上流社会都在回避着他们。虚伪的上流社会可以容忍私通，却不能接受真正的爱情。为此，安娜感到十分痛苦。她不能出现在公众场合，戏院、赛马场、舞会等，人们都以冷漠对待她。她向卡列宁提出离婚，但后者拒不答允。这种心情使安娜在与渥伦斯基相处时也烦躁不安，两人发生了争吵。终于，渥伦斯基常常不顾她出去玩乐了。某日，安娜与渥伦斯基口角之后，后者没理会她出去了。安娜神不守舍，拍电报要他回来，但愈等愈

失望，觉得爱情是一场梦幻。她恨他，要向他报复，便卧轨自杀了。

另一条线索是有关列文的精神追求。列文是个庄园贵族，他看不惯上流社会的花花公子们，不能容忍他们的道德败坏和无所事事。这天，他来莫斯科，一是看望兄长，二是向吉提求婚，但恰逢吉提被渥伦斯基遗弃。他安慰了她，使她恢复了信心。不久，列文向吉提求婚。他们结婚后，搬到乡下庄园去住，经常与农民们一起劳动，希望改善与农民们的关系。他热心探索经营行将破产的农业之道，试图以此来充实全部生活。但是，由于土地私有的关键没有解决，列文的所有努力都无济于事。他的思想陷入危机之中，只能在家庭生活中虚掷光阴。终于，他重又捧起《圣经》来读，在基督教的世界里找到了生活的真谛……

全书的中心人物是安娜和列文。安娜生活在贵族圈子里，却厌倦它的虚伪；她大胆地追求真正的爱情，却又不能彻底与贵族生活决裂；她寄托自己的全部情感、希望和理想于渥伦斯基身上，却未料他是个浅薄的"花花公子的标本"。这一切注定了安娜的命运只能以悲剧结束。安娜是贵族妇女追求理想爱情的典型形象，她的命运也是典型的：在养尊处优、道德沦丧的上流社会，不可能有她所希冀的纯真而持久的爱情。作者通过安娜的悲剧，深刻批判了上流社会。列文形象在某种程度上是作者思想的自画像。他同样不满上流社会，不满于贵族阶级，但他自身也属这个阶级。于是，立志去寻找一条在经济、精神、道德和心理等各方面都满意的生存之路。他所做的一切，都是为了道德与良知的安宁。最后，他在皈依基督教里得到了安宁和幸福。列文形象是 19 世纪下半叶"忏悔的贵族"的典型，他的精神追求，只不过是在阶级矛盾极为复杂的社会现实中，贵族阶级的必由之路。

《安娜·卡列尼娜》在艺术上也很有特点。首先，小说的两条线索平行发展，仿佛建筑物上的两根支柱，它们共植于俄国变革的社会现实土壤之中；其次，小说对人物形象的刻画，心理描写、幽默、讽刺等多种手法的适用，都极为圆熟、老练，达到了世界一流水平。

《安娜·卡列尼娜》一出版，就受到读者的高度赞扬，它全面而且准确地反映了正在成长的资本主义势力和农奴制残余的尖锐斗争。这部小说包含的社会内容是极其丰富的，从贵族到农民、从上流社会青年男女到浪迹天涯的独行僧，几乎各个阶层人们的思想心理都有所触及，作者的批判力量也是极为广阔的。因此，称它为 19 世纪下半叶俄国社会的百科全书毫不为过。

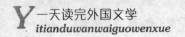

契诃夫的《第六病室》

　　安东·帕夫洛维奇·契诃夫是 19 世纪末至 20 世纪初俄国最伟大的短篇小说大师和戏剧家。他的小说的艺术技巧达到了世界一流水平，因此，欧洲文学史上常把他与法国作家莫泊桑比喻为短篇小说的"双子星座"。《第六病室》是他最重要的小说之一。

　　契诃夫 1860 年出生在亚迷海岸边的小城塔干罗格，全家靠经营杂货店为生。1880 年，契诃夫考入莫斯科大学医学系，立志做一名医生，但也就是在大学期间，他开始了文学创作。最初，他创作了大量的笑话、幽默小品、特写，讽刺官僚、市侩、警察，同情下层平民和农夫，已经接触到现实生活中的尖锐矛盾，表现出作者的人道主义精神，例如《一个官员之死》、《变色龙》等；1887 年出版的小说集获得了俄国科学院颁发的

"普希金奖"。此后，契诃夫开始思考以创作为自己的职业、生命，严肃地看待创作活动。他的作品数量也急骤减少，但艺术和思想水平却提高了。例如《草原》和《第六病室》（1892）等，许多作品表现的思想极为深刻，触及到尖锐的矛盾斗争，在一系列正面人物形象上，表现出契诃夫鲜明的爱憎。到19世纪90年代，契诃夫又开始了戏剧创作的尝试，先后写作了《海鸥》、《万尼亚舅舅》、《三姐妹》、《樱桃园》等世界名剧。他的戏剧独辟蹊径，一反激烈的情节冲突格式，通过细腻的心理抒情表现，展示了面临变革时俄国人的思想情绪变化。他的小说也精品迭出，如《带阁楼的房子》、《套中人》等，都新意独出，技法圆熟，堪称世界小说文库中的精品。1904年，契诃夫病逝于德国疗养地。

　　《第六病室》创作于1892年，是契诃夫小说里思想针对性最强烈的小说之一。小说里的第六病室属于外省一个偏僻的小城的小医院，这里秩序混乱、肮脏不堪。病人住进这所医院不仅得不到妥善的护理，而且还受到敲诈勒索。第六病室是精神病房，它的看守人尼基塔是一个凶狠残暴的打手，动辄以铁拳相加，病人不堪其苦。小说的中心人物拉京是一个医生，主持这所医院已有25年了。他身材魁伟、心地善良、性情温和，对医务工作充满热情，积极地投身于改善医疗环境的活动之中。但是，屡屡碰壁，他只得知难而退，每天象征性地看望几个病人，就回家看书、思考一些问题、喝酒度日。在他看来，容忍现状是不道德的，但是有什么办法呢？久而久之，他也麻木了，坦然地认为反正坏事不是自己干的。某日，第六病室住进了一位原先未被注意的病人，他叫格罗莫夫，是个民法执行吏。这人正直热情，乐于助人，喜爱读书，常常思考一些重大的社会人生问题。他患病的缘由起自一次偶遇：有一天，他遇见一批被押解的犯人，突发奇想，感觉到有朝一日自己也可能因为失误、过失、或为人所诟诬，加入这批犯人的行列。于是，他终日惶惶，心神不定，终于有一天发展成暴力狂想症，幻觉中全世界都联手迫害他，在小城的街头狂跑，从而，被关进了第六病室。确诊病情之后，拉京采取诱导的方式与之交谈，发现格罗莫夫思维清晰、敏锐，许多见解与自己不谋而合。但是，两人的思考也有许多分歧。拉京从格罗莫夫的谈吐中得到莫大的享受，因为很长时间没有如此畅快地谈论思想和人生问题了。于是，他经常去第六病室与之交谈。这种行径在世俗的人们眼中无疑是怪诞的。他的助手霍伯托夫过去与拉京有隙，此时抓住机会，散布谣言，使大家认为拉京医生也患了精神病。先是让他辞职休养，随后，干脆把他当做疯子，关进了第六病室。这样，拉京得以每天与疯狂病人一同生活，心里完全失去了宁静，他和格罗莫夫一同起来反抗，要求释放他们，但被尼基塔用铁拳揍了一顿。这种遭遇使拉京脑子里产生一个非常可怕的念头：二十多年来，关在第六病室的人每天都如此受苦，而他自己对此漠然不知，自己的良知与尼基塔之类的人同样冷酷，这似乎是报应了。拉京的全部生活信念崩溃了。他彻底垮了。次日，拉京死了。

《第六病室》具有极浓郁的象征意味。作为全部情节发生场所的第六病室，无疑地使读者自然想到整个俄罗斯。俄罗斯就是失去理智的疯狂的象征。病人们被关进病室，就仿佛被关进了牢笼，备受折磨。拉京形象是所有抱着因循守旧、醉心于内心世界而无视外部环境改造的旧俄知识分子典型。

契诃夫在描写第六病室过程所使用的冷静客观笔触，使读者很容易产生这样的感觉：似乎自己就生活在第六病室里面。小说启发人们不安于陈旧、停滞和麻木的生活，号召人们起来拆毁这个病室，建设新的生活。作者对残酷压迫人民的沙皇专制制度进行了无情的揭露和强烈的抗议，但是，他似乎还未能找到能够改变这一状况的新生力量。在俄国批判现实主义文学发展历史过程中，契诃夫是一个总结性的人物，他和列夫·托尔斯泰构成了19世纪俄国批判现实主义文学的最后风景线，高尔基说他"杀死"了现实主义，便是对他艺术手法的最高褒扬。

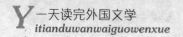
高尔基的《克里姆·萨姆金的一生》

马克西姆·高尔基是蜚声世界的伟大无产阶级作家，苏联社会主义文学的奠基人。1868 年，他出生在俄国中部一个木工家庭，4 岁丧父，跟随母亲寄居在破了产的外祖父家里，10 岁便开始打零工，当过学徒、跑堂、杂役、搬运工……1888 年起开始浪游全国，从小饱尝了地狱般的底层人民的生活。这对他后来的文学创作具有特殊的意义。

高尔基进入文坛正是两个世纪的交替时代，俄罗斯工人运动的高涨年代。他的作品从一开始就鸣响着新时代的脉动。他是从写短篇小说开始的，第一个作品《马卡尔·楚德拉》发表于 1892 年。1898 年出版第一个短篇集。从此高尔基的名字引起了俄国国内外的广泛关注。早期短篇小说既有浪漫主义的也有现实主义的。浪漫主义作品如《少女与死神》、《鹰之歌》、等，赞美爱情、歌唱自由、充满革命战斗激情，格调高亢；现实主义小说则主要揭露旧社会的罪恶，传达底层人民反抗的呼声，如《切尔卡什》等。1905年后高尔基还出版过多部短篇集，如《俄罗斯童话》等。十月革命期间还写有政论短评《不合时宜的思想》。这些作品与早期创作有明显差别，反映了作家创作思想的变化。

高尔基的作品丰富多样，除为数甚多的短篇外，还写了20多部中长篇小说，10多部剧本和大量特写、政论文和文艺论著。1905年革命后高尔基创作了最重要的作品之一《母亲》，第一次成功地塑造了自觉地为社会主义理想而进行斗争的工人革命者的英雄形象，第一次运用了在现实的革命发展中描写人和现实的社会主义艺术新的创作原则。《母亲》被公认是社会主义文学的奠基作品。

第一次革命失败后俄国革命转入了低谷时期。这时高尔基开始冷静地思考革命失败的原因、俄国革命的民族性、未来历史的前景诸问题。至十月革命这一阶段，高尔基又创作了近十部中长篇小说，其中特别是自传体三部曲是作者中期创作思想的代表作。这时高尔基已由炽热的浪漫主义者变成了一位冷静、清醒的现实主义者。他深刻地回顾了历史，考察了民族文化心理的积淀，展现出未来俄罗斯伟大的前景。

《克里姆·萨姆金的一生》则可以视为高尔基全部创作生涯和艺术经验的总结。

四卷本长篇史诗《克里姆·萨姆金的一生》是高尔基最后一部，也是代表他最高成就的杰作。在谈及作品的构思时，作者写道："尽可能全面地反映从 80 年代到 1918 年其间 40 年的俄国生活。小说具有编年史性质。它记叙了特别是尼古拉二世在位时的一切最重大的事件。小说的故事发生在莫斯科、彼得堡和外省，小说中活动着所有阶级的代表人物。作者打算描写一系列俄国革命者、教派分子、精神堕落的人等等。小说的中心人物是一个'不自愿的革命者'萨姆金，他在不可避免的革命面前感到恐惧，觉得自己是'历史的牺牲品'。作者认为这个人物是具有典型意义的。"

　　作者的主要任务就是要塑造萨姆金这样一个资产阶级个人主义者的典型。通过这个典型揭露它的群体的市侩本质，概括这一代知识分子的反常心态，从而折射出俄罗斯从 19 世纪末至 20 世纪初这一新旧制度交替时期社会动荡的一个缩影。

　　《克里姆·萨姆金的一生》的主角是受批判的反面人物。它反映的是俄国十月革命前知识分子的思想变迁，揭露形形色色的资产阶级知识分子的软弱、虚伪及其最后的精神破产。因此作者选取了庸俗、空虚、志大才疏的萨姆金为作品的中心人物。这是由作品独特的艺术构思决定的。在艺术表现上，《克里姆·萨姆金的一生》，许多地方都使用了大量非现实主义的表现手段，如独白、讽喻、排比、意识流等。这也是由作品的特殊构思所决定的。因为只有用这些手法才能最充分地表现萨姆金那种反复无常、精神乖戾的丑态和心理。在这部作品里，可以说作者调动了一切艺术手段，把现实主义、浪漫主义、现代主义等一切有用的东西都熔于一炉，最大限度地、不拘一格地体现了艺术本身的无穷魅力，因而也最全面地展示了高尔基本人过人的艺术才华和艺术功力。

阿·托尔斯泰的《苦难的历程》

阿列克谢·尼古拉耶维奇·托尔斯泰是苏联著名作家，1883年出生于贵族家庭，童年在继父的庄园里度过。他从20世纪初开始文学创作，早年迷恋过象征主义诗派，1907年出版处女作《抒情诗集》，后来开始写小说，1910年短篇小说集《伏尔加河左岸》面世，接着发表长篇小说《怪人》（1911）和《跛老爷》（1912）。这些作品尚不成熟，却也昭示了作家批判现实主义的创作方向。第一次世界大战期间，托尔斯泰当过随军记者，写出反映战时生活的特写《途中寄语》和短篇集《山上》、《美妇人》等。他开始时不理解十月革命，1918年离开俄罗斯，侨居巴黎等地。在国外期间，他写有自传体中篇《尼基塔的童年》和长篇《两姊妹》、《艾莉塔》等。这段流亡生活对他来说是"一生中最苦恼的时期"。他亲眼看到了资本主义社会的种种弊端，人与人之间的不正常关系，终于同国外的白俄分子决裂，于 1923 年回到了苏联。在苏维埃年代，他的艺术才华及创作积极性得到了最大的发挥，20 年代中期一连写出了讽刺长篇《涅夫佐罗夫的奇遇或伊比库斯》、科幻小说《加林工程师的双曲线》、短篇小说《蓝色的城市》及《蝮蛇》等。他还积极地参加国内的社会政治活动，系第一届最高苏维埃的代表、苏联作家协会主席团成员、科学院院士。

阿·托尔斯泰最重要的两部作品是三部曲革命史诗《苦难的历程》（1919—1941）和历史长篇小说《彼得大帝》（1917—1945），前者是作者"良心所经受的一段痛苦、希望、喜悦、失望、颓丧和振奋的历程，是对整个巨大时代的感受"。后者写的也是祖国、人民的命运的主题，通过对历史帝王彼得一世的刻画，表现俄罗斯民族性格的形成过程。

长篇史诗《苦难的历程》共三部，第一部《两姊妹》，第二部《一九一八年》，第三部《阴暗的早晨》。

《两姊妹》的故事发生在彼得堡，时间是 1914—1917 年十月革命前夜。第一次世界大战爆发后，整个彼得堡笼罩在一片紧张、忧郁的气氛中。两姊妹——卡嘉和达莎，是萨马拉城的医生蒲拉文的女儿。大姐卡嘉已经结婚，丈夫史摩珂甫尼考夫是一个有声望的自由派的律师，住在彼得堡。妹妹达莎在彼得堡一所大学法律系学习，寄居在姐夫家里。他们过着上流社会的豪华、热闹、闲逸的生活，每星期二举行晚会、宴会、看

戏、听音乐、跳舞……卡嘉与丈夫感情不好，她和颓废派诗人
贝索诺夫有过于亲密的交往，引起丈夫的不满和怀疑，一场口
角以后卡嘉独自到法国散心去了。达莎暑期回萨马拉看父亲，
途中遇到了不久前才认识的捷列金，彼此产生了好感。捷列金
原是某工厂的工程师，他并不关心政治，但同情工人罢工，因
此被经理辞退了。第一次世界大战开始后，他应征入伍。达莎
与他告别后去了莫斯科。一天，她忽然在报上看到捷列金前线
失踪的消息，心里痛苦至极。后来她到一家医院当了护士。不
久卡嘉从国外回来，也进了同一个医院工作，姊妹重逢了。捷
列金在一次战斗中被俘，后来从集中营逃了出来，回到莫斯科
与达莎结婚。卡嘉的丈夫受临时政府委派到西线当军事政治委
员，后被革命军人打死了。他的副手罗欣把这个消息告诉了卡
嘉，并给了她许多安慰。后来罗欣与卡嘉相爱了。1917 年二
月革命后，彼得堡工人起来反对临时政府，要求一切政权归苏
维埃。小说的几个主人公仍然沉浸在个人甜蜜的爱情之中。

　　第二部《一九一八年》写的是 1918 年整年的革命和内战
风暴。经过第一次世界大战的劫难，俄罗斯越来越困难了，到
处是饥荒、寒冷。作品的主人公也先后不由自主地卷进了革命
的洪流之中。达莎结婚后生了一个儿子，但几天后就夭折了，
后来她又受骗参加了反革命组织"保卫祖国和自由同盟"。他
们要她混进工人中，探听列宁的行踪。但是她听到了列宁的演
说后，觉得列宁的话都是对的。因此她拒绝去干反革命的勾

当，逃回萨马拉父亲家里去了。捷列金十月革命后参加了红军，上前线与白军作战。一次，当上了萨马拉临时政府卫生部副部长的岳父要逮捕捷列金，是达莎巧妙地救了他，跟他一起逃离父亲家。莫斯科成立苏维埃政权后，罗欣和卡嘉逃往罗斯托夫；罗欣要投奔白军，卡嘉反对。后来罗欣在白军阵营里亲眼看到白军与外国干涉军勾结，看到白军十分残酷和荒淫，才醒悟到卡嘉是对的。卡嘉与罗欣分手后，途中遭马赫诺匪帮劫持，流落在白匪军的控制区里。

143

第三部《阴暗的早晨》写 1918 至 1920 年的事件和主人公的最后历程。达莎从父亲家逃出后，到罗斯托夫寻找卡嘉，半路上火车遭到哥萨克的袭击，她便流落在荒凉的草原上，幸好碰上一支红军队伍，她被留在部队当护理员。捷列金在指挥炮兵作战时负了伤，住进了达莎工作的部队医院，两人又团聚了。罗欣去找卡嘉，被马赫诺部下抓获。当马赫诺得知罗欣是白军军官，便留下他当自己的参谋长，并派他去与红军谈判。在与红军的多次接触中，罗欣终于站到了红军的一边，后来成了捷列金旅的参谋长。

红军把马赫诺匪帮赶跑后，卡嘉也结束了动荡的生活，当了教师，回到了莫斯科。"1920 年 3 月的一个阴暗的早晨"卡嘉在莫斯科东站迎接了达莎、捷列金和罗欣。失散的亲人们终于在这一天团圆了。他们是来出席苏维埃代表大会的。他们幸福地看到了坐在主席台上的列宁。

三部曲《苦难的历程》不啻是一部壮丽的革命史诗，优秀的艺术长卷，它代表了阿·托尔斯泰创作的最高成就。作品通过对主要人物达莎、卡嘉、捷列金和罗欣的不同生活道路和命运的描写，对他们不同性格的刻画和对各种重大历史事件的再现，展现了一幅波澜壮阔的内战图画。作者把主人公的命运有机地融会在巨大的历史事变里，表明个人的命运和前途与祖国的命运和前途是不可分割的：知识分子唯有顺应时代历史的潮流，走革命的道路，走与人民相结合的道路，才能找到真理，走向光明。

作品中的几个主要人物几乎都是旧俄知识分子，其中除捷列金外，都生活在上流社会中，罗欣还是贵族出身。他们背负着十分沉重的历史包袱，脱离人民、脱离劳动。他们要与过去诀别。要从奢靡生活、个人幸福的小天地里走出来，并不是一件轻而易举的事，确实需要经过脱胎换骨的改造，需要在革命烈火中锻炼。正如作品第二卷《一九一八年》的卷首题词所说："在清水里泡三次，在血水里浴三次，在碱水里煮三次。我们就会纯净得不能再纯净了。"这的确是主人公们走向新生活所必经的"苦难的历程"。捷列金虽然来自工厂，但他开始时觉悟也不高，对政治不感兴趣，内战爆发时，他一时也难分是非，不知应该站在红军一边还是白军一边，而且头脑里还有不少糊涂观念，例如他曾把革命与祖国割裂开来，说什么"你是为了革命，我是为了俄罗斯"。后来在布尔什维克罗勃莱夫的帮助下，才明确了方向，走革命的道路，成了一名红军指挥员。贵族出身的罗欣思想上与十月革命更是格格不入，一再声称要报仇，要惩办布尔什维克，并坚决参加了白军，同人民作战。但他毕竟还是一个正直的人，当他明白了真相，看到了白军反人民反爱国主义的本质后，最后也转到了红军的一边。达莎和卡嘉这对"暖房里长大的"姐妹，也同样经历了艰难曲折的道路。达莎一度受骗参加过反革命组织，后来又遭哥萨克的袭击，漂泊在荒原上；卡嘉也曾落入马赫诺匪帮之手，受尽苦难，好不容易才逃出了魔掌。这里，每一个主人公都有一条曲折的自我革新的轨迹。

145

《苦难的历程》三部近一百万字的篇幅，囊括了俄国从第一次世界大战到国内战争结束这个重要时期的全部历史事件，活动场面大，出场人物多，从彼得堡、莫斯科到边远的外省和偏僻荒野，从纸醉金迷的城市上流生活到火热的前线，作者都作了具体生动的再现。人物方面，则把真实的历史人物和虚构的艺术形象有机地糅合在一起，描绘得有声有色，栩栩如生。三部曲的成功充分显示了作家杰出的艺术天赋：他有驾驭语言艺术的特殊能力，善于构建全景图和编织曲折、复杂的情节，并用细腻的笔法塑造各种不同类型的生动人物形象。《苦难的历程》作为苏联文学的经典佳作之一，已列入世界优秀文学的史册。

肖洛霍夫的《静静的顿河》

　　《静静的顿河》是苏联作家肖洛霍夫的代表作，凭着这部作品，肖洛霍夫获得了 1965 年度诺贝尔文学奖。

　　米哈伊尔·亚历山德罗维奇·肖洛霍夫 1905 年出生在顿河流域一个山村店员的家里，从小受到顿河自然景色和哥萨克民风民俗的熏陶。十月革命期间，肖洛霍夫中断学业，投身于保卫苏维埃的斗争中。1922 年，他来到莫斯科，加入"青年近卫军"，开始了业余创作。1924 年，他的第一个短篇《胎记》问世。1926 年，他出版了两个短篇小说集《顿河的故事》和《浅蓝色的草原》。1924 年，他加入俄国无产阶级作家联合会。1926 年回故乡，创作《静静的顿河》。这部小说到 1939 年方告完成，前后用了 14 年。它的发表，奠定了肖洛霍夫一流作家的地位。20 世纪 50 年代中期，肖洛霍夫发表了短篇小说《一个人的遭遇》，引起文坛轰动。这篇小说描写了一个普通俄罗斯人在战争中和战后的不幸遭遇，从人道主义立场上谴责了战争，是俄罗斯民族传统的继承和发扬。1965 年，瑞典科学院授予他诺贝尔文学奖。1984 年去世。

《静静的顿河》共分四部。第一部重点反映第一次世界大战前后（1912–1916）顿河哥萨克的历史状况和生活方式；第二部写 1916 至 1918 年哥萨克地区的复杂的阶级斗争，包括了二月革命、科尔尼洛夫叛乱、十月革命和国内战争初期。第三部写 1918 年春至 1919 年 5 月哥萨克地区的斗争。第四部写 1922 年之前的斗争历史。这个历史时期恰好是俄罗斯国内阶级斗争最为紧张激烈的时期，小说实际上是以哥萨克地区为缩影，曲折地反映了全国的社会政治斗争状况。贯穿小说始终的是哥萨克葛利戈里·麦列霍夫。

《静静的顿河》通过葛利戈里的遭遇反映了从 1912—1922 年这十年间顿河地区哥萨克的命运。这种命运是悲剧性的。葛利戈里是那个地区哥萨克的典型，他不仅在性格、思想、情感和生活习俗上是哥萨克的代表，而且，在命运遭遇方面，也充分代表了哥萨克的历史命运。他的落后的思想意识、不分阶级是非的豪侠义气，终于使他退出了革命队伍，在困惑中跟随白匪，完成了悲剧性人生。最终，他失去了健康、失去了未来、失去了爱情，与其说是战争毁掉了这一切，不如说是他的习性和思想选择使得他失去了一切。小说十分真实地描写了这个哥萨克青年的全面性格，描写了他日复一日心里滋生的迷茫、惶惑和绝望，他追求的真理与他擦肩而过，而最终迎来的，是彻底的沉沦。作为革命风暴中一个哥萨克的代表，葛利戈里从生气勃勃登上人生大舞台，到在反动阵营里沉沦堕落，最终走向毁灭。这一切证明：沙皇制度和陈腐愚昧的部落制，是酿就哥萨克人惨痛悲剧的根源。一个人在激烈的革命斗争中，如果仅仅根据个人的私利去选择人生道路，他将不可避免地走向毁灭。

《静静的顿河》在苏联文学界引起了巨大的反响。它一出版，就以巨大的历史背景、深邃的思想内涵和艺术魅力，征服了广大的读者，作者驾驭复杂的历史线索的艺术能力，引起各国读者的惊诧。全书虽卷帙浩繁、结构复杂，但依旧叙述从容，井井有条；历史事件的叙述与人物命运的描写，紧紧地扣在一起，汇成一幅生动的艺术画卷，堪称一部壮观的史诗。小说在艺术描写上，也颇具匠心，尤其是对哥萨克地区民风民俗、生生息息的生存状况的描写，具有极高的魅力；小说里的哥萨克民歌、民谣、自然景观，都给读者留下深刻的印象。

奥斯特洛夫斯基的 《钢铁是怎样炼成的》

149

尼古拉·阿列克谢耶维奇·奥斯特洛夫斯基是杰出的苏联无产阶级革命作家。他于 1904 年出生于乌克兰沃伦省维里亚村，父亲是酿酒厂工人，家境贫苦。他只念了几年小学便不得不弃学做工，曾在车站食堂当童工，到发电厂当司炉助手，在这里结识了一位布尔什维克，开始接受革命思想。在做工之余，他一直刻苦学习文化。1919 年家乡解放，15 岁的奥斯特洛夫斯基，投身火热的国内战争；1920 年秋身负重伤，住院治疗后，被派到基辅铁路工厂任助理电气工程师，后来在与洪水搏斗中得了伤寒和风湿症。1924 年加入布尔什维克共产党，先后任共青团区委和州委书记。1925 年他病情恶化，1927 年全身瘫痪，1928 年又双目失明。严重的疾病未能使意志坚如钢铁的奥斯特洛夫斯基屈服，他忍受着病痛的折磨开始写作，并从中找到了新的生活意义。1928 年，他根据自己在骑兵旅的经历写成一部描写科托夫斯基骑兵旅战斗生活中的中篇小说，然而书稿不幸在邮寄过程中丢失。遭到这个沉重的打击后，奥斯特洛夫斯基并未灰心，他以不屈不挠的意志又开始写一部以自己亲身经历为素材的长篇小说《钢铁是怎样炼成的》。小说于1933 年完成，1934 年出版，受到广大读者的热烈欢迎，他被吸收为苏联作家协会会员。1935 年，苏联政府为了表彰他的忘我劳动和文学功绩而授予他列宁勋章，这期间，奥斯特洛夫斯基病情加重，身体十分虚弱，但他仍顽强工作，计划写一部三卷集的长篇小说《暴风雨所诞生的》，以国内战争为背景，反映乌克兰人民的斗争和反动派出卖祖国的罪行。1936 年秋，他完成了小说的第一部，不久这位年仅 32 岁的年轻革命作家于 12 月 22 日在莫斯科病逝。

《钢铁是怎样炼成的》这部具有自传性质的长篇小说以十月革命、国内战争和经济建设时期为历史背景，描写主人公保尔·柯察金在激烈的革命斗争和艰苦的劳动中，如何由一个穷孩子锻炼成为一名坚强的无产阶级革命战士。

《钢铁是怎样炼成的》是 20 世纪无产阶级革命文学中最优秀、影响最大的作品之一，小说发表后，引起热烈反响，被改编成话剧，拍成电影，译成多种文字。作者收到来自世界各国的信件，对他表示感谢和赞扬。1936 年法国作家罗曼·罗兰在写给奥斯特洛夫斯基的信中说："你的名字对我来说是最罕见、最纯洁的英勇精神的同义词。"保尔·柯察金的光辉形象鼓舞着一代又一代青年为理想、为人类进步事业而奋斗，他在烈士墓前的那段内心独白成了千百万青年的座右铭。

霍桑的《红字》

152

　　纳撒尼尔·霍桑是 19 世纪美国最重要的浪漫主义小说家。1804 年 7 月 4 日生于美国马萨诸塞州萨莱姆镇的名门望族。霍桑 4 岁时，以航海为业的父亲病死异乡，从此母亲只身一人，含辛茹苦将他和两个姐妹抚养成人。1821—1825 年霍桑在鲍登学院就学。他大学期间的几位同学值得一提：朗费罗，后来成为著名诗人；富兰克林和皮尔斯，两人后来先后成为美国总统。这几位同学对他以后的生活和创作产生过一定影响。大学毕业后，霍桑回到故乡，静心阅读并开始写作。

　　1850 年，他的第一部长篇小说《红字》出版，霍桑在美国文学史上的重要地位从此确定。1851 年和 1852 年他分别写了"两部罗曼史"，即《带有七个尖角阁的房子》和《福谷传奇》。同时还出版了几部儿童文学作品。霍桑于 1864 年去世。

霍桑的作品几乎全都取材于北美殖民地新英格兰地区的历史。他的复杂思想及矛盾性格在他的作品中得到了清晰的体现。一方面，他深受宗教的影响，相信"原罪"、"赎罪"等宗教说法；另一方面，他又根据切身体验，无情揭露宗教的狂热和专横。一方面，他接受爱默生的超验主义哲学观，相信物质世界中的神秘力量；另一方面，他又无法摆脱宗教意识的控制，总是执着于探寻固有的、抽象的"恶"，认为这种"恶"才是社会问题的根源。所有这一切反倒形成了他鲜明的创作个性。

　　《红字》讲述了发生在 17 世纪中叶新英格兰地区的一个故事：女主人公海丝特·白兰由于犯了通奸罪而被罚示众三小时并永远佩戴那个鲜红的红 A 字。

　　海丝特·白兰监禁期满后，没有出走，而是继续留在新英格兰。她和她的孩子珠儿在远离居民区的一间小茅屋里住了下来。

　　终于有一天，丁梅斯代尔牧师不堪良心的重负，公开了自己的罪尤：他就是珠儿的父亲。他在痛苦的忏悔中离开了人世。

　　霍桑的创作同他的世界观紧密相联。他把人心比作蜿蜒曲折的洞穴，把创作比喻成在这个莫测深浅的洞穴中不断探索，以便寻找那隐秘的"恶"。因此，他在这部作品中刻意描绘荒谬恐怖的现象，竭力挖掘阴暗怪诞的心理，表现出了强烈的神秘主义倾向。这一倾向反而使他的作品产生了一种扑朔迷离、曲径通幽的意境，极易激发起读者的好奇心，引导读者穿过象征的丛林，去探究人物深藏的心理和主题背后的哲理。

在《红字》中，作者从"恶"的观念入手，通过几个主要人物的命运反复探讨"罪恶在哪里？""谁是真正的罪人？"等问题。白兰是公开受到惩罚的罪人，但她以德报怨，由罪人转变成了有德行的人。牧师是隐藏的罪人，可最后还是鼓起勇气认了罪，获得了道德上的自新。而白兰的丈夫，表面上是受害者，却一心想复仇，最终成了真正的罪人。

154

当然，最令读者感动的还是女主人公海丝特·白兰。她的婚姻并不幸福，加上和丈夫失散两年，而且听说他已葬身海底，她才与才貌出众的丁梅斯代尔牧师发生恋情。事情败露后，她被迫终身佩戴红字，为了情人的名声，独自承担了全部罪责。即便死后，也让人将自己葬在情人身边。作者显然在这个人物身上倾注了不少心血。她胸前的红字仿佛在熠熠生辉。海丝特·白兰是位饱受压抑但又敢于冲破压抑的女性。即使在今天，这个有血有肉的形象也同样具有启示意义。

为了表达深邃的主题，霍桑在这部他自称为"心理罗曼史"的小说中，极尽讽刺隐喻和象征比拟之能事，使得整部作品含蓄，丰厚，重重叠叠，意味深长，自始至终充满了浪漫主义气息。《红字》出版后，立即赢得了美国读者的热烈欢迎。评论界一致认为它是第一部具有真正的美国特色的小说杰作，也是第一部获得世界声誉的美国文学名著。作者也因此成为19世纪后期美国浪漫主义作家的杰出代表，他的作品和艺术成就对当时与后世都有重大影响。他所善长使用的象征比拟手法受到麦尔维尔、爱伦·坡等作家的推崇，并在很大程度上促成了象征主义流派的兴起。至于他那种渲染气氛、深挖心理的手法更是影响了一代又一代美国作家。

惠特曼的《草叶集》

华尔特·惠特曼 1819 年 5 月 31 日出生于纽约长岛的西山村农家。父亲华尔特尔是个木匠。四年后迁至布鲁克林，在那儿读书。1830 年开始做工，干过诊所勤杂工，印刷排字工。1840 年开始在报纸上发表一些小诗及散文。1855 年，他自费出版《草叶集》第一版，仅 12 首诗。

诗人此后至 1866 年的十年里，除了做工，当编辑，在南北战争时上前线做护理员，还做过内政部、司法部的职员等。1892 年他逝世于家中。其时《草叶集》已有第九版问世。

《草叶集》由初版的 12 首诗，发展到临终版时已有 401 首，其中包括 6 个集中集，还有死后辑入的 32 首，共 433 首诗。题名草叶集显然是一个象征，象征诗人的理想。《草叶集》以《自己之歌》这首长诗作为核心与主干，诗人反复谈到该诗是"我自己的情感和个性的及其他方面的表露"。表现的是一个有个性、活生生的美国人不受约束，完整的真实的一生记录。最初这首诗叫《美国人华尔特·惠特曼的歌》，到 1881 年，完成一个循环，最后定为《自己之歌》。这首长歌一共 52 节，2700 余行，是几个世纪以来世界文学中最伟大的长诗之一，全诗气势恢宏，意象丰富，激情澎湃，内涵深广。

《草叶集》既是写自由的歌，又开创一代自由诗风，摒弃传统的韵脚、格律，在诗与散文之间创一种新诗体，诗行多有复沓、平行、排比等方式，在行句中多用短语构成跳跃的内部节奏，兼之以气势恢宏的长句，既有奔腾而下的激情舒卷，又有起伏跌宕的节奏效果，结构上除了使用歌剧方法保持咏叹调与宣叙调，还有铺排如赋的结构特征。语言上他坚持美国的乡音口语人诗，第一要强调的质朴，但也有华彩繁复绵延多姿的描绘句和精警隽永的哲理诗句。总之，惠特曼第一个创造了真正的美国文学。

马克·吐温的《哈克贝利·费恩历险记》

158

马克·吐温于 1835 年出生在密苏里州一个下层家庭。12 岁时，吐温的父亲病故，他开始走上社会，先后当过印刷厂学徒、排字工人和水手领船员。内战爆发后，吐温参加了南军，后又梦想采掘银矿发财，但都没有成功。1863 年，他给自己起笔名为"马克·吐温"，是密西西比河上引船员测量水深时发出的喊声。马克·吐温小时候家住在密西西比河岸，常有轮船往来，水手、轮船和密西西比河就成为他笔下常见的题材。1864 年，吐温根据一则传说写成了《跳蛙》，一举成名。

吐温开始创作时，正是美国浪漫主义文学向现实主义文学过渡时期，美国大多数地方都废除了奴隶制，作家们多受民主思想的影响，对前途充满信心。因此，这时期吐温的作品充满诙谐幽默和乐观向上的精神。1867 年，他随旅行团出游欧洲，回国后写了一篇《傻子出国旅行记》，讥讽异国文化。《竞选州长》是吐温很有代表性的作品，从"民主选举"和"言论自由"两个方面讽刺美国的政治生活。同年，吐温写成《哥尔斯密的朋友再度出洋》，1874年和1876年又创作了《镀金时代》和《汤姆·索亚历险记》。

19世纪80年代后期，美国社会矛盾日渐激化，吐温的创作也进入成熟阶段，作品基调也转向辛辣的讽刺和批判。这一时期他的主要作品有《王子与贫儿》、《密西西比河上》、《哈克贝利·费恩历险记》等优秀作品。1910年马克·吐温故去。

《哈克贝利·费恩历险记》是马克·吐温最重要的作品之一，讲述了白人小孩哈克跟逃亡黑奴吉姆结伴在密西西河流浪的故事。作品批判谴责了蓄奴制的罪恶，宣传不分种族地位人人都享有权利的进步主张。马克·吐温在这本书里强烈谴责了种族歧视等丑恶的社会现象。哈克逃亡的过程，实际上也是帮助黑奴吉姆的过程。哈克从小就受奴隶制的教育，在逃亡中，多年的耳濡目染和良知一直在进行激烈的思想斗争，最后，良知终于占了上风。哈克这个厌倦文明生活的顽童，邋里邋遢，几乎目不识丁，被很多人认作是坏孩子，但他生气勃勃，具有才智、同情心和强烈的正义感，与伪善的绅士淑女们形成鲜明的反差。哈克的本质恰是美国少年的典型，受到人们的衷心喜爱。这部小说被认为是在密西西比河上冒险的《奥德赛》，还被海明威称作是美国小说的源泉。

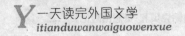

德莱塞的《美国的悲剧》

西奥多·德莱塞 1871 年出生于美国印第安纳州一个贫穷的德国移民家庭，父母都是虔诚的教徒。德莱塞的童年生活很不幸福，一个不可忽视的原因是家境贫寒。在中学时期的一位老师的帮助下，他进入印第安纳大学读了一年书，后来又在中西部从事与报社有关的一系列工作。1894 年，德莱塞来到纽约，却找不到工作，他创作了小说《嘉莉妹妹)，但《嘉莉妹妹》出版后，却得不到社会的承认，这个打击几乎使德莱塞走上自杀的绝路。随后，在从事新闻写作的同时，德莱塞继续创作，先后写出了《珍妮姑娘》、《金融家》、《巨人》、《天才》和《美国的悲剧》等作品。德莱塞的其他作品还包括诗歌、纽约见闻录和哲学随笔。

《美国的悲剧》写于 1925 年，通常被认为是德莱塞最优秀的一部作品。主人公克莱德·格里菲斯的父母都是在堪萨斯城传教的虔诚的传教士，家境贫寒，但克莱德却一心向往上层社会的生活，一直想离开贫穷的家。在他的姐姐和一位演员私奔后，克莱德离家的愿望就更加强烈了。他在堪萨斯城的一家旅馆做事，用起自己的工资大手大脚。不久，他迷上了轻佻的霍腾丝·布里格斯，为她花了不少钱，以致当母亲向他借钱时，他很不乐意。后来，他得知母亲借钱的目的是帮助已有身孕的姐姐。

克莱德和几个朋友开着别人的车到处游玩，结果开车的朋友不小心撞死了一个姑娘，克莱德没等警察来到就不见了踪影。

几年过去了，克莱德有钱的叔叔看中了精明的克莱德，给他提供了一份差使，这使克莱德有机会接触到上流社会的奢华生活。克莱德在工厂里很孤独，不愿与工人们来往，叔叔的儿子吉伯特是个心胸狭窄的人，极力压制克莱德，还警告他不得与工厂里的其他女工有任何交往。但很快，一个羞涩的女孩罗伯塔引起了克莱德的注意，姑娘也暗自喜欢上了这个外表风度翩翩的男子。一次，他们两下班后不期而遇，很快就打得火热，但在克莱德的坚持下，他们的关系一直处于保密之中。罗伯塔的一位朋友对他们的恋爱有所察觉，罗伯塔搬出公寓，自己租了间房子，在克莱德的引诱下，罗伯塔与之发生了关系。

一个偶然的机会，克莱德遇到了富家女桑德拉·芬奇利，为她的美丽、富有而倾倒。但他又不愿放弃罗伯塔，而是脚踏两只船，在追求桑德拉的同时，还继续与罗伯塔保持关系。随着与桑德拉交往的深入，克莱德真的对她产生了爱情，他决定与罗伯塔断绝关系，但此时罗伯塔已有了身孕。克莱德一面安慰惊慌失措的罗伯塔，一面劝她把孩子处理掉。但罗伯塔拒绝了克莱德的请求，还要求克莱德娶她。克莱德只好与之假意周旋。

162

一起游湖落水的意外事件提醒了克莱德，他决定除掉罗伯塔，扫平通往上层社会的道路。他假意应承与罗伯塔结婚，把她骗至湖畔度假，用假名在旅馆登记后，偕罗伯塔到湖上泛舟。他打算把不会游泳的罗伯塔推到湖里淹死，然后再把自己的帽子丢进水里，造成两人同时溺水身亡的假象。然而，当谋害的时机成熟时，克莱德却又良心发现，不忍下手。此时罗伯塔对他产生了怀疑，在争执中克莱德不慎击中罗伯塔，使她落入水中。克莱德袖手旁观任其溺死。

警方很快对这起"落水事故"产生了怀疑，因为罗伯塔的母亲曾听女儿提到与克莱德相爱的事，所以线索逐渐集中在他身上。警察在一个度假胜地找到了与桑德拉等人一道度假的克莱德，而克莱德自罗伯塔溺水后也一直受着良心的折磨，很快就对地方检察官梅森承认自己曾与罗伯塔泛舟湖上，但坚称罗伯塔是意外致死。

法庭上克莱德破绽百出，难以自圆其说。最后，陪审团判克莱德有罪。

　　《美国的悲剧》是德莱塞根据一起情杀案创作的小说，被认为是德莱塞写得最成功的作品，同时也被认为是现实主义小说的精华。这本小说的发表不仅给德莱塞带来可观的经济利益，还给他带来巨大声誉。尽管《美国的悲剧》文笔滞重，篇幅很长，有时材料过于堆砌，但小说情节扣人心弦，尤其是结尾处更令人动情，因此，它仍不失为一部佳作。克莱德的悲剧不仅是个人悲剧，同时也是社会悲剧，它揭示了一个严重的社会问题，即在资本主义国家里，阶级地位的不同给许多像克莱德一样的青年造成发展道路上的障碍，唯有获取金钱、跻身上层社会才能出人头地的想法也在道德上摧毁了青年一代，致使他们为追求金钱不择手段，最后却成为金钱和上层社会的牺牲品。

海明威的《老人与海》

　　欧内斯特·海明威，美国现代著名小说家，1899 年生于芝加哥附近一个医生家庭。中学毕业后曾做见习记者，受到初步的文学训练。1918 参加第一次世界大战，为救护队开车，在意大利前线受了重伤。战后以记者身份侨居巴黎，边写通讯报道边学习写作。1926 年发表长篇小说《太阳照常升起》，小说写战后一群流落在欧洲的青年迷失、沉沦的心情，反映一次大战后青年一代的信仰危机。这部小说喊出了"迷惘的一代"的心声，海明威也因此成为"迷惘的一代"的代表作家。下一部小说《永别了，武器》直接谴责了第一次世界大战，以哀伤的笔调诉说战争怎样摧毁青年一代的幸福。在这些作品中，海明威已经形成自己独特的艺术风格。

　　20 世纪 30 年代末，海明威赴西班牙报道西班牙内战。根据自己的经历海明威写成的《丧钟为谁而鸣》成为一部现代名著。小说写西班牙人民怎样英勇地反击法西斯主义的战斗。此后海明威侨居古巴，其间又赴欧洲报道第二次世界大战，还来过中国报道抗日战争的战况。1952年他发表《老人与海》，1954年得诺贝尔文学奖。由于高血压和神经方面的多种病症，海明威痛苦不堪，于1961年自杀。

  《老人与海》是一部中篇小说，小说所写的内容确有其事。1936年，海明威在一篇通讯中报道过这个故事："有一次，一个老人独自在加巴尼斯港口外的海面上打鱼，他捕到一条马林鱼，那条鱼拽着沉重的钓丝把小船拖到很远的海上。两天之后，渔民们在朝东方向60英里的地方找到了这个老人，马林鱼的头和上半身绑在船边上，剩下的鱼肉还不到一半"，原来老人遇到了鲨鱼，"老人一个人在小船上对付鲨鱼"，但"鲨鱼却把马林鱼身上能吃到的地方都吃掉了"。这个事实就是《老人与海》的原型。海明威酝酿了十几年，用丰富的想象对它进行艺术创造，写成了一部不朽的名著。

  《老人与海》的主题思想是"硬汉子"的打不败精神。从20世纪20年代末开始，海明威在许多作品中描写人在同外界势力的斗争中，不畏惧失败，而是勇敢地面对失败，甚至视死如归。《老人与海》把这种精神升华到寓言、象征的高度，桑提亚哥是失败者了，但他英勇地反击厄运的挑战，表现出失败者的优胜风度。用主人公同鲨鱼搏斗时的话说："一个人不是生来要给打败的，你尽可以把他消灭掉，可就是打不败他。"
这句名言是海明威式英雄主义的最好概括。

为了突出这个主题，作者去尽枝蔓，发掘深入。海明威
说："我试图把一切不必要向读者传达的东西删去。"小说在
用彩笔描绘大海的同时，充分运用内心独白这种艺术手段表现
一个孤独的主人公。作者自称为"这是我这一辈子所能写的最
好的一部作品"。

米勒的《推销员之死》

　　阿瑟·米勒是美国戏剧家，1915 年出生于纽约一个富裕的犹太时装商家庭，父亲在大萧条时破产。米勒幼年在哈莱姆区就学，中学毕业后，因经济原因无法继续学业，在一家汽车零件批发公司工作。1934 年，米勒人密执安大学攻读历史和经济，后转入英语系。在校期间，米勒开始戏剧创作，写有 4 个剧本，并获过奖。米勒还在课余兼任报社的记者和夜班编辑。1938 年米勒大学毕业，先后当过卡车司机、侍者和工人，工作期间一直坚持戏剧创作。1944 年，米勒的剧本《鸿运高照的人》在百老汇上演，但没有引起注意。1947 年，他发表了社会道德题材剧《全是我的儿子》，结果该剧使米勒一举成名，并荣获纽约剧评奖。1949 年上演的《推销员之死》是米勒最为成功的剧本，给米勒带来了巨大的国际声誉，一举荣获纽约剧评奖和普利策文学奖。1953年，米勒上演了历史剧《炼狱》，影射麦卡锡主义对左翼人士的迫害。1955年他又有两部戏剧上演，《两个星期一的回忆》反映了20世纪30年代经济危机时美国工人的生活，《桥头眺望》描写了意大利人在美国的不幸遭遇。其后米勒又创作了《维希事件》、《代价》和《美国时钟》等剧作。除剧本外，米勒还写有两部长篇小说《正常情景》和《焦点》，著有短篇小说集《我不再需要你》，此外，米勒还创作有报告文学、广播剧、电影剧本和戏剧理论文集。米勒在1956年和1958年先后获得密执安大学荣誉文学博士学位和美国文学艺术院金质戏剧奖章，并曾连任国际笔会主席。20世纪80年代，米勒曾出访中国，回国后写下了一本关于中国人民生活的摄影集。

　　《推销员之死》写于1949年，是一出典型的现代悲剧。全剧共两场，外加一个类似尾声的安魂曲。主人公威利·洛曼是纽约一家服装公司的旅行推销员，主要业务是驱车在新英格兰地区推销商品。他一直崇拜著名推销员大卫·辛格曼——一个具有推销天分，只需在旅馆里拨个电话就能把商品推销出去的推销员。大卫一直活到80多岁，死后有许多客户和同业为他送行，极尽哀荣。威利也曾是个成功的推销员，他热诚、勤勉的工作曾给公司带来巨大利润，也为自己建立起牢靠的销售网。威利一直希望能拥有自己的一间公司或至少成为他服务的那家公司的合伙人，因为老板对他很看重，曾给过他这样的许诺。但那都是从前的事情了，如今威利已经 63 岁了，年老力衰，货物推销不出去，服装公司也日渐壮大，威利独自开公司的愿望成了泡影，更糟的是，他不再受公司的重用。威利赚不到钱，有时甚至要向邻居查里借钱来支付家里的多项开支。他的精神越来越紧张，经常陷入沉思和幻想中，开车时常常无法集中注意力，还曾萌生了自杀的念头。

多年以来，威利一直抱有坚定的信念，认为只要讨人喜欢又持之以恒就可以成功。即使自己的处境每况愈下，他还是固执地坚持自己的看法。威利的妻子琳达善良贤淑，早就看出威利的精神危机，但又不敢点破，怕他伤心。

威利有两个孩子，都已年过 30，却还没有成家立业。比夫是威利的大儿子，一直是威利的希望，在中学时就是橄榄球明星，是小镇的新闻人物，深得老师和同学的喜爱。威利一直很爱父亲，视威利为偶像，直到中学快毕业时，他因数学不及格，无法毕业，到旅馆请求父亲为他说情时偶然发现父亲与他人厮混，还把母亲的丝袜送给对方，看到父亲的丑事，比夫的心灵受到很大伤害，威利在比夫心中的地位从此一落千丈。比夫再也无心上学，尚未毕业就离家出走，到西部打天下。而旅馆中的一幕成了父亲俩心底的秘密，也成为他们互相仇视和厌恶的主要原因。

与受父亲宠爱的比夫相比，二儿子哈比却始终得不到父亲的关心和爱护。在威利眼中，他是个仪表堂堂的浪荡子，只会夸夸其谈和追逐漂亮姑娘，成不了大器。

一天，精疲力竭的威利回到家中，妻子琳达告诉他，比夫从西部回来了，劝威利和两个儿子好好谈谈。原来，几年来比夫在西部一直未能得志，此次是想回家东山再起。看到被自己寄予厚望的比夫落魄的模样，威利不禁怒从中来，比夫也不甘示弱，反唇相讥。为证明自己的价值，比夫决定向旧日的老板借一笔钱和弟弟开体育用品商店。威利相信，只要有资金，儿子的事业一定会有起色，他找到老板，希望公司能念及他多年来的贡献，结束他在外奔波的生活，给他在纽约总部安个位置安度晚年。谁料老板不但没满足他的请求，还把他给解雇了。走投无路的威利只好又向查里借钱偿付到期的保险费，查里提出要给他一份报酬优厚的差使，但自尊心极强的威利却拒绝了。

当晚父子三人相聚在饭馆。为免老父伤心，比夫骗威利说自己白天受到老板的热情接待。但言谈中威利一直拿自己的那套理论教训比夫，引起比夫的反感。他和盘道出自己在老板家遭到的冷遇。比夫告诉威利，他的那套理论只是一厢情愿，在这个社会上是站不住脚的，他们父子俩都是失败者。结果父子三人越谈越僵，不欢而散。

威利一个人到种子商店买了点菜种，连夜在后园播种。他知道，自己活着已经没有什么价值了，他要在最后为妻子种点儿蔬菜，以作为多年来的补偿。而他死后，两万元保险金又可以帮儿子重整旗鼓。同时，他还期待会有很多人参加他的葬礼，从而使他的儿子们明白自己有人生价值，有过辉煌的事业。

深夜，两个儿子从外面鬼混回来，受到琳达的痛斥。比夫决定再次出走，永远离开这个家。威利却仍坚持自己的看法，认为比夫始终是个出色的孩子，只要有资金，就一定会出人头地。他们的争吵更加强了威利一死的决心，他迟迟不肯睡觉，还见到已故的哥哥回来和他谈话。当夜，威利驾车出门。

威利死了，只有他的家人和邻居查里出席了他的葬礼。比夫决定到牧场去寻找他的安宁，而哈比却决定实现父亲的心愿，要去征服世界，征服美国。幕落了，只有琳达在威利的墓前哭泣："我不明白，你为什么要这样干啊？……我想啊想啊，怎么也不明白……"

《推销员之死》的素材取自作者年轻时创作的一部名为《悼念》的小说。但无论在故事的复杂性，主题的深化以及人物形象的塑造和写作技巧的娴熟方面，《悼念》都无法与《推销员之死》相提并论。该剧 1949 年公演于纽约莫罗斯剧院，连续上演了 742 场，直至今日，它仍是美国重演率最高的剧目之一。

《推销员之死》从小人物的角度出发，让观众在观看普通人的生活悲剧中品味悲剧震撼人心的力量。米勒通过威利的一生深刻揭示了"美国梦"的欺骗性。威利抱着"人人都可以成功"的错误的价值观念不放，结果穷其一生也未能实现自己的梦想，因为随着社会的发展和时代的变化，美国梦本身已经被歪曲成一种商业成功的发财美梦。在商业社会里，买卖之间的关系绝不那么简单。威利把自己的生活建筑在错误的梦想之上，这也就决定了他的悲剧命运。

威利始终生活在自己的幻想里面，而且常常大话连篇，在他的影响下，他的家人也都不同程度地陷入幻想之中，对根本不存在的名望、能力和前途信以为真。比夫在多次受挫后，逐渐清醒过来，在墓地上，他是这样总结父亲的一生的："他一直生活在错误的梦想里，全部，全部的错误。"对威利一家始终抱有清醒认识的是邻居查里，他对比夫兄弟说："没有人有权去责备这个人（指威利），……推销员就是靠梦想支撑的。"

《推销员之死》是现代戏剧精品；体现出极高的艺术成就。全剧结构紧凑，明快，虽只有两场，故事又发生在一天两晚之间，但观众却看到了威利一生的悲剧和比夫两兄弟的成长经历。此外，该剧的舞台设计，闪回衔接和语言的运用等都显示了作者精湛的技艺。

塞万提斯的《堂吉诃德》

　　米格尔·德·塞万提斯·萨阿维德拉，于 1547 年 10 月 9 日出生在马德里附近的阿尔卡拉德埃纳雷斯镇。当时，家族已经破落。他徒有一个贵族姓氏和一腔报国热忱。中学刚毕业就做了"助理医生"，随四处出诊的父亲过着颠沛流离的生活。后来他做了红衣大主教的侍从，前往意大利。在意大利，塞万提斯阅读了大量文艺复兴时期的文学作品并开始写作。一年以后，他应征入伍，不久即真枪实弹地参加了抗击土耳其军队的勒班托海战。他在战争中身负重伤，失去左臂。战争结束后，他奉命随军驻防那不勒斯，两年后获准回国。不料，回国途中遭海盗袭击，被掳至阿尔及尔。由于家道中落，父亲无力支付赎金，塞万提斯历尽磨难，顽强地活了下来。此后，塞万提斯受人诬陷，二度入狱。出狱后，他四顾茫然，无奈之下全心投入文学创作，著有短篇小说、诗歌和戏剧多种。晚年蜗居在瓦利亚所里德的一个公寓里，楼下是酒吧，楼上是妓院。正是在这样的环境下，他含辛茹苦，于 1605 年完成了《堂吉诃德》第一卷的写作。这时，塞万提斯仍屡遭厄运打击。先因门前有人遇刺而涉嫌入狱，后因女儿陪嫁掀起波澜而出庭受审。与此同时，有人抢先发表了《堂吉诃德》续篇。最后，塞万提斯贫病交加，但他仍以顽强的毅力完成《堂吉诃德》第二卷和另一部长篇小说。1616 年 4 月 23 日，塞万提斯因水肿病在马德里逝世。

174

　　《堂吉诃德》叙述了这样一个故事：在西班牙拉曼却的地方，住着一个 50 多岁的乡绅。他闲来无事，就埋头读骑士小说，每日从黄昏读到黎明，又从黎明读到黄昏，读得满脑子尽是游侠冒险的荒唐念头，天长日久，终于忍不住要学做骑士，到各处去行侠仗义，救苦济贫。他翻箱倒柜，找出祖上留下的一副盔甲，牵出家里的一匹瘦马；并自命"堂吉诃德·德·拉曼却"，意思说，自己是拉曼却鼎鼎有名的骑士。他又想起，骑士都有美貌绝伦的公主做意中人，便搜肠刮肚，选定了一个农村姑娘，给她起了个漂亮、高雅的名字："杜尔西内娅·台尔·托波索"。一切齐备后，他急不可待地骑马出发了。而接下来一次次的愚蠢行为让他吃了不少苦头。

　　塞万提斯一再声明，他写《堂吉诃德》是为了讽刺当时盛行的骑士小说，"把骑士小说的那一套扫除干净"。其实，作品的实际效果远远超出了这一"宗旨"。小说通过堂吉诃德的游侠冒险，描绘了 16 世纪末、17 世纪初西班牙社会的方方面面，展示了封建统治的黑暗和腐朽，具有鲜明的人文主义倾向，表现了强烈的人道主义和理想主义精神。

戏拟骑士小说构成了小说的基调，也是小说的讽刺意义之所在。譬如，堂吉诃德从命名、受封、比武到向贵夫人献殷勤，都是"不折不扣"地按照古代骑士的有关仪式进行的，戏拟得惟妙惟肖，引人入胜。受封仪式原本是非常庄严的，被册封的骑士都要经过忏悔、戒斋、沐浴、守盔护甲等十分严格的规程，但小说中的受封仪式却是在马房中进行的，授封的也不是神职人员，而是一个客店老板。他手里捧的也不是《圣经》，而是登录草料的记账簿。替堂吉诃德挂剑的更不是公主，而是妓女……凡此种种，不一而足。堂吉诃德效仿古代骑士，同现实造成了更大的、更加可笑的反差。他把意中人想象成绝代佳人、娇媚的公主，可事实上她只不过是个乡下姑娘，长得跟男人一样，"胸口还有毛呢"……依此类推，他把风车当巨人，把羊群当军队……闹出了一桩又一桩令人忍俊不禁的笑话。

尽管堂吉诃德模仿骑士行侠冒险是可笑的，然而，他同情弱者、疾恶如仇、追求真理、不畏艰难的品格却是十分崇高伟大的，它体现了新兴资产阶级的道德力量。这种将喜剧和悲剧、滑稽和崇高体现于同一人物（包括桑丘）的写法是划时代的。因此，《堂吉诃德》在塑造人物的高度和力度方面，都比

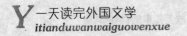

前人前进了一大步。

　　然而，《堂吉诃德》的贡献并不为同时代读者所承认。一个世纪以后，它的光辉才逐步照耀到欧洲及整个世界。

加西亚·马尔克斯的《百年孤独》

　　加夫列尔·加西亚·马尔克斯出生在哥伦比亚沿海小镇阿拉卡塔卡。1947 年，加西亚·马尔克斯考取了波哥大大学法律系。其时，读法律被认为是下层步入上流的一条捷径。可是，当律师并不是他的兴趣，而是他父亲的旨意。一年后，趁着政治风波带来的混乱，他放弃学业，进入报界。他的早期创作受卡夫卡、福克纳、海明威和吴尔夫等人的影响，后来渐渐形成风格，被称为魔幻现实主义。主要作品有长篇小说《百年孤独》、《家长的没落》、《霍乱时期的爱情》、《迷宫中的将军》等。1982 年获诺贝尔文学奖。

　　被誉为"再现拉丁美洲历史社会图景的鸿篇巨著"的《百年孤独》是加西亚·马尔克斯的代表作，也是拉丁美洲魔幻现实主义文学作品的代表作。全书近 30 万字，内容庞杂，人物众多，情节曲折离奇，再加上神话故事、宗教典故、民间传说以及作家独创的从未来的角度来回忆过去的新颖的倒叙手法等等，令人眼花缭乱。小说描写一个7代人的大家族在加勒比海沿岸某国小镇马孔多，从荒漠的沼泽地上兴起、发展直至衰亡的过程。小说主人公表兄妹布恩蒂亚和乌尔苏拉近亲结婚，为避流言迁居马孔多。经过繁衍生息，成为马孔多最重要的大家族。乌尔苏拉活到125岁，全家6代同堂，后逐渐衰败，族长布恩蒂亚由于发疯，被绑在栗树下后死去。其后代或死于战乱，或死于天灾。第六代只剩下2人，第七代是姨侄乱伦生出的"带猪尾巴"的小孩，不久也被蚂蚁啃死。小说最后写马孔多被一阵可怕的旋风卷走。在马孔多存在的100年中，先后经历了氏族社会、封建社会、殖民地社会3个阶段，实际是哥伦比亚落后农村的缩影。小说从历史发展的高度指出拉丁美洲长久孤独的状态已经一去不复返，只有团结起来，相互往来，才能走向富强。小说运用传统的讲故事的方法叙述家族的兴衰史，但又把严酷的历史现实抹上非理性的神秘色彩，从而使题材格外开拓，刻画人物性格游刃有余，艺术特色鲜明。

巴尔加斯·略萨的《绿房子》

179

马里奥·巴尔加斯·略萨于 1936 年 3 月 28 日出生在秘鲁的阿雷基帕市。父亲是报务员，出身贫寒；母亲却是世家之女。巴尔加斯·略萨是在外公外婆和舅舅、姨妈的照顾下长大的。10 岁时离开外公家，随父母迁至首都利马，不久升入莱昂西奥·普拉多军事学校。期间大量阅读文学作品。1953 年，巴尔加斯·略萨不顾父亲的反对，考取圣马科斯大学语言文学系。大学毕业后，他的短篇小说《挑战》获法国文学刊物的征文奖并得以去法国旅行。此后赴西班牙，在马德里攻读文学博士学位。1959 年回到法国，在巴黎结识了流亡作家加西亚·马尔克斯等。同年完成短篇小说集《首领们》，获西班牙阿拉斯奖。翌年开始写作长篇小说《城市与狗》。这部小说于两年后出版，获西班牙简明图书奖和西班牙文学评论奖。7 年后，他的第二部长篇小说《绿房子》发表，获拉美文学的最高奖——洛慕罗·加列戈斯奖并再次获得西班牙文学评论奖。从此好评如潮，褒奖连连。

迄今为止，他已经发表了十几部小说和大量文学评论。其中，长篇小说主要有（除上述两部外）：《酒吧长谈》、《潘上尉与劳军女郎》、《胡利娅姨妈与作家》、《世界末日之战》、《继母颂》和《情爱笔记》等。1989 年竞选总统失败后正式定居西班牙，4 年后获西班牙国籍，同时保留原国籍。1995 年获塞万提斯奖。

180

《绿房子》是巴尔加斯·略萨的代表作。

在印第安人集聚的大森林附近，有一个小镇，叫圣玛利亚·德·聂瓦。镇上有座修道院。修女们除了正常的宗教事务，还开办了一所感化学校——传教所，以从事对立着居民的"开化"工作。每隔一段时间，她们就要在军队的帮助下，四处搜捕未成年女孩入学。这些女孩在学校里重新接受命名和教育。由于学校采取的是完全封闭的准军事式宗教教育，孩子们根本无法与家人取得联系。几年下来，她们被培养成了"文明人"，有偿或无偿地送给当地或外地的上等人做女佣。在一次例行的搜捕行动中，小说的女主人公鲍妮法西娅被抓住并送进了这所感化学校。她在嬷嬷们的严厉管教下，学会了西班牙语和许多闻所未闻的"文明习俗"。一天，鲍妮法西娅出于同情，打开传教所的后门，放跑了不堪虐待的小伙伴。结果可想而知：鲍妮法西娅受到了处分并被逐出传教所。就在她走投无路之际，一个叫聂威斯的人收留了她。

聂威斯曾经是个军人，后来误入歧途，干起了走私的勾当。秘鲁内地由于紧邻亚马孙河流域而十分荒凉，是走私犯、逃犯和各色社会渣滓云集的地方。当时，有一个名叫伏屋的巴西籍日本人流窜到这里。他是个逃犯，来到秘鲁境内后抱着"不狠不富"、"强者生存"的人生哲学，干起了走私的勾当。他的主要合伙人堂列阿德基是个颇有实力的官商，长期从事橡胶生意。他们联手之后，频繁往来于各土著部落之间，以极低廉的价格收购橡胶、皮毛之类，然后以几倍的价格转手给美国老板。印第安人不堪他们的剥削，就在胡姆酋长的带领下，组织起自己的合作社和销售网来。这下可堵住了伏屋和堂列阿德基的财源。于是后者利用手中权力并在军队的帮助下对印第安人采取了暴力行动。流血事件引起了社会各界的关注。为了平息舆论，政府决定阻止橡胶走私并贴出告示，捉拿非法商人。然而，凡此种种都只是骗骗老百姓而已。官官相护，堂列阿德基等人不但毛发无损，而且更加变本加厉。伏屋逃之夭夭。他带着情妇拉丽达来到一个小岛，在那里建立自己的独立王国。他杀人越货，为所欲为。不久，他又勾结潘达恰和阿基里诺，一举控制了那里的土著部落。一天，他和情妇搭救了一名落难军士并将他吸收入伙。此人就是聂威斯。

聂威斯爱上了伏屋的情妇拉丽达。拉丽达投桃报李，正想摆脱伏屋的虐待。伏屋当时患了麻风病，正在接受阿基里诺的治疗方案。趁着伏屋自顾不暇，拉丽达和聂威斯私奔了。

聂威斯和拉丽达来到圣玛利亚·德·聂瓦镇，在那里安顿下来，生儿育女，过正常人的生活。

为了让鲍妮法西娅此身有靠，聂威斯和拉丽达有意安排她与警长利杜马相识。后来，利杜马受命追捕聂威斯。利杜马不但没有逮捕聂威斯，反而悄悄地把他放了，然后才命令警察包围聂威斯的房子。不料聂威斯动作太慢，根本没有逃走。聂威斯被捕了，拉丽达转眼跟了一个警察。警长利杜马和鲍妮法西娅结婚后，一并去了利杜马的故乡——皮乌拉城。

几年前，皮乌拉还是个相当落后的地方。那时，有个叫堂安塞尔莫的外乡人从天而降。他为人和蔼，出手大方，还弹得一手好琴，受到大家的欢迎。后来，人们才知道这个堂安塞尔莫并不那么简单。他在城郊买了一块土地，盖起了一幢房子。那房子是用绿色涂料粉刷的。它就是皮乌拉的第一座妓院。从此以后，皮乌拉失去了宁静。堂安塞尔莫诱奸了盲女安东妮娅并使她怀了孕。十个月后，安东妮娅在生下一个女儿后死亡，堂安塞尔莫终于良心发现。与此同时，神父带领愤怒的群众纵火烧毁了绿房子。

皮乌拉城日新月异，变成了一座名副其实的现代化城市。堂安塞尔莫的女儿琼加渐渐长大成人。她继承父亲的衣钵，在市中心开了一家妓院。堂安塞尔莫则成了她的一名乐手。

利杜马回到皮乌拉后，继续当他的警察并重新和年轻时期的好友何塞费诺等人厮混在一起。一天，他们到琼加的妓院鬼混。两杯酒落肚后，利杜马和同在妓院消遣的庄园主塞米纳里奥发生争执。二人赌命，塞米纳里奥一枪打死了自己。利杜马因此而被捕人狱。鲍妮法西娅落入何塞费诺之手，先做他的情妇，不久就被送进绿房子当了妓女，易名"森林女人"。利杜马获释后变得非常颓废，成了鲍妮法西娅的寄生虫。

《绿房子》是秘鲁有史以来最重要的小说之一。作品涵盖了秘鲁内地长达近半个世纪的广阔的生活画面。由于小说采用了几条平行的叙事线索，故事情节被有意割裂，以至于纵横交错，令人趑趄。然而，小说有一条贯穿始终的主线，它便是的妮法西娅的人生轨迹：从修道院（传教所）到绿房子（妓院）。绿房子是秘鲁社会的象征。主人公鲍妮法西娅是无数个坠入绿房子的不幸女孩之一。她出身在秘鲁热带森林的一个印第安部落，同许多印第安少女一样，被军队抓到修道院接受"驯养"，尔后经逃犯、恶霸、警察、流氓之手，几经蹂躏，最后沦落风尘。同时，四条平行的线索（伏屋、老鸨堂安塞尔莫、聂威斯和利杜马）在她周围伸展开来，把她推向火坑。

小说有句句平行，也有段段平行，还有章章平行，既错综复杂，同时又脉络清晰，令人叹为观止。

由于巴尔加斯·略萨等拉美小说家的努力，小说不再只是

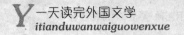

语言的艺术、时间的艺术，而且还成了结构的艺术。

这部小说不仅使巴尔加斯·略萨成了拉美结构现实主义小说的代表作家，而且奠定了他在拉丁美洲文学史上的地位。

毗耶娑的《摩诃婆罗多》

毗耶娑是印度史诗《摩诃婆罗多》的传说中的作者。《摩诃婆罗多》共有 10 万颂（现代精校本为 8 万多颂），成书时间约在公元前 4 世纪至公元 4 世纪之间。这样的鸿篇巨制是漫长的历史积累的产物，是历代宫廷歌手和民间游吟诗人不断加工扩充的结果。而毗耶娑可能是这部史诗的原始作者。同时，他也是这部史诗中的人物。按照《摩诃婆罗多》本身的叙述，毗耶娑是渔家女贞信婚前的私生子。贞信嫁给福身王，生下儿子奇武。奇武婚后不久死去，留下两个遗孀。福身王面临断绝后嗣的危险。于是，贞信找来在森林中修炼苦行的毗耶娑，让他代替奇武传宗接代，生下 3 个儿子——持国、般度和维杜罗。此后，毗耶娑仍然隐居森林。但他目睹和参与了持国百子（俱卢族）和般度五子（般度族）两族斗争的全过程。在般度族五兄弟升天后，他创作了这部史诗。

《摩诃婆罗多》的书名意思是"伟大的婆罗多族的故事"。全书共分18篇，以列国纷争时代的印度社会为背景，叙述了婆罗多族后裔俱卢族和般度族争夺王权的斗争。

象城的持国和般度是两兄弟。持国天生眼瞎，因而由般度继承王位。持国生有百子，长子难敌。般度生有五子，长子坚战；这便是伟大的婆罗多族的两支后裔，前者被称作俱卢族，后者被称作般度族。不久，般度死去，只能由持国执政。坚战成年后，持国指定他为王位继承人。但难敌不答应，企图霸占王位。纠纷从此开始。

难敌设计了一座易燃的紫胶宫，让般度族五兄弟去住，准备纵火烧死他们。般度族五兄弟幸免于难，流亡森林。其间，般遮罗国黑公主举行选婿大典，般度族五兄弟乔装婆罗门前往应试，赢得黑公主作为他们的共同妻子。而他们也在这次事件中暴露了自己的真实身份。持国召回他们，分给他们一半国土。

般度族在分给他们的国土上建都天帝城，政绩辉煌。难敌心生妒忌，又设计掷骰子赌博的骗局。坚战本不愿参加赌博，但出于礼节，还是接受了难敌的邀请。结果，坚战输掉一切，黑公主也遭到难敌兄弟的当众羞辱。最后，般度族五兄弟被迫交出国土，流亡森林12年，并在第13年里隐姓埋名，在摩差国宫廷里充当仆役。

13 年流亡期满后，般度族五兄弟要求归还失去的国土，难敌坚决不允。于是，双方各自争取盟友，准备战争。般度族获得多门城黑天（大神毗湿奴的化身）的支持。般度族和俱卢族双方使者进行了多次谈判，但难敌一意孤行，拒绝讲和。坚战为了避免流血战争，做出最大让步，提出只要归还五个村庄就行，而难敌宣称连针尖大的地方也不给。最后，双方在俱卢之野开战。

大战进行了 18 天，经过反复的激烈较量，俱卢族全军覆没。然而，没有料到，俱卢族残剩的 3 个战士竟在夜间偷袭酣睡的般度族军营，杀死般度族全部将士。黑天和般度族五兄弟因不在军营而幸免。面对这场大战如此悲惨的结局，坚战精神沮丧；但在众人的劝说下，终于登基为王。坚战统治了 36 年后，得知黑天逝世升天，便偕同自己的 4 个弟弟和黑公主远行登山升天。

这部史诗的基调是颂扬以坚战为代表的正义力量，谴责以难敌为代表的邪恶势力。在史诗中，坚战公正、谦恭、仁慈；而难敌相反，贪婪、傲慢、残忍。难敌的倒行逆施不得人心，连俱卢族内的一些长辈也同情和袒护般度族。在列国纷争时代，广大臣民如果对交战双方有所选择的话，自然希望由比较贤明的君主而不希望由暴虐的君主统一天下。《摩诃婆罗多》正是这种希望的形象化表达。

当然，《摩诃婆罗多》对这种希望的表达决不是简单化的。这部史诗是忠于现实的。我们看到，在史诗描写的 18 天大战中，每逢关键时刻，般度族都是采用诡计取胜的。本来在大战中代表正义一方的般度族，由于这些行为而渐渐减少光彩。相反，难敌遵守武士战斗规则，在战死时，天神们为他撒下鲜花。这说明史诗作者对现实的认识是清醒的，没有将在列国纷争中取胜的、而且确实代表正义一方的帝王将相理想化。史诗作者的这种认识完全符合历史本来面目。在史诗时期出现的《利论》，是一部总结列国纷争时代国王统治经验的政治著作，里面就公开宣传各种阴谋诡计。因而，对于剥削阶级内部争夺统治权的各方来说，采用阴谋手段是一种普遍现象。般度族也不能例外。难敌虽然遵守武士战斗规则，但在大战以前，也一直是用阴谋手段对付般度族的。

同时，在史诗作者看来，纵然列国纷争难以避免，而且在纷争中也有正义与非正义之分，但战争付出的代价是惨重的。难敌的母亲指责黑天对这次大战负有责任，并诅咒黑天：他的家族在 36 年后也将遭到与俱卢和般度两族同样的悲惨结局。她的诅咒象征着在战争中失去亲人的广大妇女的抗议。在史诗结尾，她的诅咒果真实现，表明史诗作者肯定了这种抗议。尽管如此，史诗在总体上仍然是推崇黑天的。我们今天从历史发展的角度看，也仍然不能不承认黑天以及他所支持的般度族五兄弟是印度列国纷争时代的英雄形象。

《摩诃婆罗多》的核心故事至多只占全诗篇幅的一半。围绕核心故事，穿插进了大量的神话传说和寓言故事。除了这类文学性插话外，《摩诃婆罗多》中还含有大量宗教、哲学、政治和伦理等理论性插入成分，其中最著名的是宣扬崇拜黑天的宗教哲学诗《薄伽梵歌》，长期以来它一直被印度教奉为圣典。

由于这种包罗万象的特点，可以说，《摩诃婆罗多》是一部以英雄历史传说为核心的百科全书式的史诗作品。它对两千多年来印度的生活、思想、文化和艺术产生了持久而深刻的影响，是印度人民拥有的一份巨大精神遗产。

189

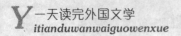
泰戈尔的《吉檀迦利》

　　罗宾德拉那特·泰戈尔 1861 年生于印度加尔各答一个富有的贵族家庭。1878 年他随哥哥莎迪安德拉那特去英国，先进公立学校，后入大学学法律，并学习西洋文学与音乐。一年半后他没有完成学业就回国了，投身于当时的宗教改革团体梵社的活动之中。1890 至 1900 年，他被父亲派往东孟加拉 (现属孟加拉国) 的西莱达去管理家产，这时期的泰戈尔经常住在帕德玛河的一条船上，生活于大自然之中，并与普通人接触，这使他的文学创作发生了根本的转变，从此他的创作走向成熟期。1901 年泰戈尔从西孟加拉回到加尔各答，在圣地尼克坦创办一所学校 (1921 年发展成著名的国际大学)。

　　20 世纪初，泰戈尔参加了反英人民运动，他用诗歌作为武器同殖民主义者搏斗。1886 年诗集《刚与柔》出版，标志着他在创作道路上进入面向人生与现实生活的时期。诗集《心中的向往》是他第一部成熟的作品，他的独特风格开始形成。1891 年泰戈尔发表《摩诃摩耶》等 60 多篇短篇小说，主要是反对封建压迫，揭露现实生活中不合理现象。另外，他发表了《金帆船》、《缤纷集》、《刹那集》等 5 部抒情诗集，1 部哲理短诗《微思集》和 1 部《故事诗集》。20 世纪以后，他又出版了诗集《回忆》、《儿童》和《渡船》及长篇小说《小沙子》、《沉船》和《戈拉》。尽管泰戈尔成就众多，但他最大的成功却因为他是一个诗人。泰戈尔一生写了近 2000 首诗，1910 年孟加拉文诗集《吉檀迦利》出版，后来泰戈尔旅居伦敦时把《吉檀迦利》、《渡船》和《奉献集》里的部分诗作译成英文，出版了《吉檀迦利》英译本，1913 年泰戈尔被授予诺贝尔文学奖，成为亚洲第一个获诺贝尔文学奖的作家。除此之外，泰戈尔比较有名的诗集还有《故事诗》、《新月集》、《园丁集》、《飞鸟集》、《边缘集》等等。

  《古檀迦利》共收诗 103 首，其中 50 余首译自孟加拉文诗集《吉檀迦利》，其余译自《祭品集》、《奉献集》、《献祭集》、《渡口集》等诗集。孟加拉文原作是有韵的格律诗，译成英文时采用的是散文诗的形式。"吉檀迦利"在印度孟加拉语和印地语中都是"献歌"的意思，是以敬仰神、渴求与神的结合为主题的。但泰戈尔向神所献的歌并非是一般的超脱尘世的宗教颂神诗，而是"生命之歌"，他歌唱着生命的荣枯和现实世界的欢乐与悲哀。

1910 年孟加拉文版《吉檀迦利》共收集诗 157 首，其中有 51 首被诗人译成英文并收入英文版的《吉檀迦利》。这些诗作多创作于 1908 至 1910 年间，是泰戈尔诗作的顶峰。

内容上，《吉檀迦利》写自然、爱情、人类、祖国、苦难、死亡等各种题材。

夏目漱石的《我是猫》

　　夏目漱石原名夏目金之助，1867 年生于日本江户一个管行政和治安的地方小官名主家庭。父亲曾把他送了人。直到 22 岁时因两个哥哥患肺病过世，他才把户口迁回老家。1893 年他在东京帝国大学文科大学英文科毕业后进入研究生院攻读英国文学。同年 10 月进东京高等师范学校教英语，开始教师生涯。1900 年他到英国留学，1903 年 1 月下旬回国后，在母校从事他根本不乐意干的教师工作。由于学生对他偏重理论的教育方法很不习惯，使他十分苦恼，致使神经衰弱复发。为了摆脱这些烦恼，他接受朋友建议开始创作，长篇小说《我是猫》就是这样创作的。从 1904 年至 1907 年是他的业余创作时期，主要作品除了《我是猫》外还有：中篇小说《哥儿》、《旅宿》和《风暴》，以及取材于英国历史的小品《伦敦塔》、

《幻影之盾》、《琴音》和《薤露行》等。1907 年后，他进入
专业作家时期，作品有长篇小说《虞美人草》、《矿工》及
《三四郎》、《其后》和《门》等。1910 年重病后，主要作品
有由短篇小说连缀而成的《行人》、《心》、《过了春分时节》
及《路边草》等。

　　《我是猫》是夏目漱石的代表作。一只出世不久被人扔在
路旁的小猫，睁开眼一看，发现母亲和兄弟姐妹全无踪迹。接

着，它开始叙述自己平凡而可笑的一生经历：我饥寒交加，便
从破篱笆里钻进宅院，又钻进厨房偷吃，被那家的女佣人恶狠
狠地扔到院子里。主人鼻子底下留有一小撮黑胡须，名叫珍野
苦沙弥，是个中学教员，发话把我留下。我发现主人患有胃
病，但特能吃，兴趣又很广，什么俳句呀、谣曲啦、弓术和小
提琴等等没有他不爱好的，但门门不在行。他有不少知识界的
朋友。在他家，我见到过美学家迷亭、物理学家寒月、诗人东
风和喜欢拿我家主人取乐的哲学家独仙先生等等。他们常常在
我家高谈阔论，大骂资本家，或者互相揶揄、取笑。主人不太
理我，至今连个名字都没有给我起。不过我也有朋友，如车店
的小黑和二弦琴师家标致的三毛。真的，我竟然被三毛迷住，
可惜它红颜命薄，不久便死了，叫我好不伤心。鼻子夫人，就
是附近有名的资本家金田的太太，找我主人了解寒月的学识、
人品，是否有学位，以便决定女儿富子小姐是否嫁给他。她依
仗家有万贯财产而目空一切，而苦沙弥从学生时代起最瞧不起

的就是资本家。双方话不投机，金田太太拂袖而去。苦沙弥不但不去促成这件好事，竟然还告诫寒月绝对不能答应这门亲事。于是恼羞成怒的金田太太一家，便收买车夫的老婆等势利小人，到苦沙弥家门口骂街寻衅。气得苦沙弥先生火冒三丈，但等到他追到街上和他们讲理时，他们早就逃之夭夭。还有一件事，那就是有关金田夫妇如何策划报复，如何收买人，都靠了我侦察到的。一天，我潜进金田家，就听到他家车夫的老婆正和厨师、车夫谈论如何让我的主人吃点儿苦头的事。至此，金田家还不死心，又请出与苦沙弥原来有些交情的铃木藤十郎前来充当说客，吹捧金田如何富有，如何生财有道，一面威胁苦沙弥千万不要得罪金田家。结果被苦沙弥和正在他家闲谈的迷亭等人气得一无所获。一计不成，金田家又唆使附近落云馆中学的学生，干扰喜欢清静的苦沙弥的日常生活。中学生们以打棒球为幌子，故意把球打进他家，又一次次地跳进院子里，吵吵嚷嚷地抢球，闹得鸡犬不宁，害得苦沙弥肝火上升，寝食不安。我就亲眼目睹苦沙弥挥动手杖追赶中学生，与他们决一雌雄的有趣场面。这是一场战争。老同学铃木藤十郎要他向金钱势力低头，开导他说，与有钱人对着干反正是要吃大亏的。有个叫甘木的大夫教给他催眠术，但怎么也不起作用。哲学家杉杨独仙认为我家主人穷而好斗，是自己引火烧身，劝他以忍为上。于是，主人决定不再与学生斗下去。其实，我家主人也只不过是在背后骂人，骂警察是胆小鬼而已。我就见过他可笑地向小偷频频点头行礼的一幕。原来警察带着曾在苦沙弥家行窃的小偷来找他时，他误以为相貌堂堂的小偷是警察，才那样做的。苦沙弥也是个无能之辈，有个中学生因与同学一起，给富子小姐写求爱信取乐，被人发现，又怕被学校开除，所以，来求苦沙弥先生为其说情。我家主人竟然哼哼哈哈地不知说什么好。

我还从金田家得知，寒月如果考不上物理学博士，是无缘与富子小姐结为伉俪的。金田夫妇那种目空一切、无比傲慢的口气是我辈闻所未闻的。寒月的博士论文毫无进展，他对金田家的千金也不感兴趣。最后，他回了一趟家，和一个乡下姑娘结了婚。苦沙弥的另一学生、企业家多多良三平垂涎于金田家财产，便趁机给富子小姐寄去求爱信，并取得对方欢心，决定选良辰吉日成婚。就在寒月、迷亭、独仙和东风聚在苦沙弥家闲聊、下棋之际，多多良三平提着四瓶酒，拜访老师，请老师和同学、好友出席他与富子的婚礼。苦沙弥表示坚决不去。迷亭不但想去，而且想坐媒人的位置，可是这个位置早已由铃木藤十郎占据，使他十分遗憾。寒月为参加婚礼写了歌，东风则作诗表示祝贺。在座的人为预祝婚礼取得成功，便纷纷打开酒瓶，大喝起来，直到黄昏才尽兴散场。我闭着眼，把人们剩下的两杯酒和洒在桌子上、盘子里的酒喝得精光。我恍恍惚惚地掉进水缸，便失去知觉。醒来后才觉得处境危险而拼命挣扎起来，但怎么也爬不上来。当觉悟到我无论怎么挣扎都是白费劲时，便停止挣扎，直到死去。我终于获得太平，只有一死才会获得太平。

《我是猫》不仅仅是夏目漱石的第一部长篇小说和成名作，也是日本现代文学中少见的批判现实主义杰作。作者独树一帜地以一只可以独来独往、又带有一些人性的猫为主人翁，别开生面地以它短短的一生见闻，对日本资本主义物质文明作了入木三分的讽刺、批判。作品文辞精美，想象丰富，显示了作者十分高超的写作技巧。无论是其内容还是其形式，都是前所未有的，即其思想性和艺术性都达到了日本现代文学所能够达到的高度。作品不仅栩栩如生地塑造了一群日本高级知识分子的不同形象，也刻画了作为其对立面的资本家及其走卒的形象。作者巧妙地通过知识分子的言行对社会进行无情的揶揄、抨击，同时又不动声色地批判他们自己的无知与愚昧，起着一石数鸟的作用。

《我是猫》一出世就轰动了当时的日本读书界，连载它的《杜鹃》杂志，从此订阅数量大增。1905 年 12 月 1 日出版的一期《太阳》杂志一篇文艺时评说："夏目漱石的《我是猫》面世以后，近来已成文坛宠儿，一篇《我是猫》，就打破了文坛的单调、寂寞。这是由于它是空前未有的滑稽读物。特别值得一提的是它的江户趣味。江户趣味的特征就是轻快洒脱，观察奇警，行文优美流畅又锋芒毕露，刺人耳目……"此后，在日本明治文坛上曾经出现过模仿《我是猫》创作手法的热潮。这种模仿方式虽然不值得称赞，但这个事实证明《我是猫》在日本现代文学史上占有无可争论的独特地位。

197

川端康成的《雪国》

　　川端康成是日本新感觉派代表作家，也是日本第一位获得诺贝尔文学奖的作家，其作品蕴含着浓郁的东方韵味。

　　川端康成 1899 年出生于一个医生家庭，年少时，相继失去了父亲、母亲、祖母、姐姐和祖父。为了排遣内心的孤独和哀愁，少年川端开始在日本古典文学作品中寻找寄托和安慰，反复阅读了《源氏物语》、《枕草子》和《方丈记》等古典名作，这对他后来的文学创作产生了极为重要的影响。川端于 1920 年考入东京大学英文科，翌年转入国文科，与同学共同创刊《新思潮》，并发表小说。1924 年大学毕业后，与朋友创刊《文艺时代》，发起"新感觉派"文学运动，提出要以"新的感觉、新的表现方式和新的文体"来向既成文坛进行挑战。在这一时期，川端还经常前往他的"第二故乡"伊豆半岛，以此为背景写下了包括《伊豆的舞女》在内的一些作品。1929年，川端以浅草的风情和舞女为题材，相继创作了《浅草红团》和《虹》等作品。与此同时，川端还发表了具有新心理主义特征的《水晶幻想》和显示心灵现象的《抒情歌》。战后，川端以内心里的东方虚无主义思想为创作源泉，把文学与死亡和空灵相连接。这一时期也是他在创作上最有成就的时期，相继完成了《雪国》、《古都》和《千只鹤》等作品，充分展示了自己的美学世界。1968年川端获得诺贝尔文学奖，三年后，1972年他在工作室用煤气结束了自己的一生。

《雪园》中的岛村是一个有着妻室儿女的中年男子，坐食祖产，无所事事，偶尔通过照片和文字资料研究并评论西洋舞蹈。由于感觉到工作的非现实性所带来的不安，企图借助旅行来接近自然，以此振作自己的精神，便来到雪国的一个温泉，在这里邂逅了被其视为自然象征的艺妓驹子，并被她的清丽和纯洁所吸引，甚至觉得"她的每个脚趾弯处都是很干净的"，翌年再度前往雪国和驹子相会，希望在同驹子的交往中寻找慰藉，以暂时忘却自己的非现实感。

就在这次前往雪国的火车上，岛村以车窗玻璃为镜子，沿途窥视一位悉心照料病中青年的美丽姑娘叶子。出乎意外的是，叶子他们竟然和他在同一车站下了车，而叶子照料的那个病人，竟是驹子的未婚夫。岛村后来从盲人按摩师的口中得知，驹子迫于生计，曾在东京当过雏妓，后被人赎出，回家乡雪国拜师学习三弦琴，便与三弦琴师傅的儿子行男定了婚，由于行男长期在东京养病，驹子只好出来当艺妓，以便赚钱支付医院的医疗费用。但驹子真正爱着的并不是将不久于人世的行男，而是岛村。长期的卖笑生涯和不幸际遇严重扭曲了驹子的灵魂，使得她的性格显得复杂而畸形，在倔强、热情、纯真而又粗野、娇艳和低俗的同时，还保持着乡村少女的淳朴，尽管沦落风尘，却不甘心忍受长期遭人玩弄的噩梦一般的生活，想要"正正经经地生活"，渴望获得一个女人应该得到的纯真爱情，并把自己的全部爱情都倾注在了岛村身上。甚至当行男病危、弥留之际，叶子赶到车站哀求驹子回去时，驹子仍坚持要为岛村送行而拒绝回去为行男送终。但是，在岛村看来，她为赚取行男的医疗费用而沦落风尘的行为和对自己的那些近似于癫狂的爱却是徒劳，一种美丽的徒劳。然而，正因为这是徒劳，才使得岛村从中感受到了一种纯粹和无偿的美。

岛村最后一次来到雪国，是在飞蛾产卵的深秋季节。在这天夜晚，岛村了解到，驹子还有一个男人，她从 17 岁那年开始跟了他 5 年。在她还是雏妓时替她赎身的那个人死后，她就跟上了现在这个男人。尽管如此，驹子却说她讨厌那个人，而且年龄相差也很大，同他总是有隔阂，常想干脆做些越轨的事，借以与他断绝关系，却又天生做不出来。

两人在给行男上坟时，意外地发现叶子正蹲在坟前，双手合十地祭奠着亡者。几天后，岛村在他下榻的温泉客栈的账房里见到了前来帮厨的叶子，感到自己被这个少女所吸引了。尽管驹子是爱他的，但他总有一种空虚感，把驹子的爱情视为美的徒劳。与此同时，驹子对生存的渴望像赤裸的肌肤一般触到了他的身上。现在，他觉得叶子的慧眼放射出一种光芒，像是看透了这种情况。

终于，岛村觉得已经到了该离开这里的时候。他漫无目的地游逛了一天后，傍晚又乘车回到了温泉浴场。就在驹子抱怨岛村不带她同行时，突然响起了火警的钟声。原来，是正在放映电影的蚕房着了火。在消防队员喷射出的水柱前，一个女人的身体在空中挺成水平的姿势由二楼坠落下来。这个女人是叶子。

《雪国》是川端康成的第一部中篇小说，也是他最著名的代表之作，最初以相对独立的短篇的形式，断断续续地发表在《文艺春秋》等诸多杂志上，相互之间并没有紧密的结构和连贯的情节，直至全部完成并经认真修改后，才冠以总题名《雪国》汇集出版单行本。这部花费 14 年时间写就的小说问世之后，一直就是日本文学评论界争论的重点，贬褒不一，但大多数论者都肯定了它在日本文学史上的地位。日本著名文学评论家中村光夫指出，该作品"不仅是川端的代表之作，也是昭和初期的日本小说中首屈一指的名作"，认为"作者在'卑微'的驹子身上发现了'美好的日本心'。同时，描写驹子的独创性手法也远远超越了以往的时代"。甚至一些评论家认为，它"明确地体现了日本美的传统，由它代表日本文学走向世界最为合适"。也有一些持相反看法的论者则认为，它是宣扬"颓废的美"或"颓废和死亡的文学"，因为"它是从接近毁灭和死亡而更加炽热的官能的冲动及其虚无和悲哀中产生的"。

在川端的所有作品中，被海外译介最多的就是《雪国》。自1957年被译成英语在英国出版以来，已先后被译介到德国、瑞典、芬兰、意大利和法国等60多个国家和地区。